두메별,
꽃과 별의 이름을 가진 아이

범유진 장편소설

두메별,

꽃과 별의 이름을 가진 아이

|주|자음과모음

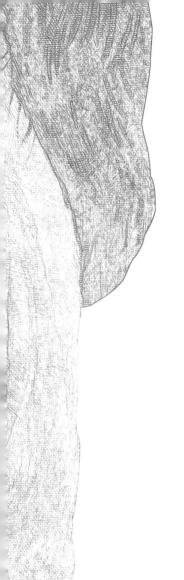

차례

대한의 가장 천한 사람들

✿

✦

나는 대한의 가장 천한 사람이고 무지몰각합니다. 그러나 충군애
국의 뜻은 대강 알고 있습니다. 이에 나라를 이롭게 하는 것과 백성
을 편하게 하는 것의 길인즉, 관민이 합심한 연후에야 가하다고 생
각합니다. 저 천막에 비유하건대, 한 개의 장대로 받친다면 역부족
이나 많은 장대를 합한 힘은 공고합니다. 원컨대 관민이 합심하여
국운이 만만세 이어지게 합시다.

　　　　　　　　　─1898년 10월 26일 만민공동회에서 박성춘 연설

박성춘이라는 사람이 만민공동회에서 연설을 한 건 27년 전이
다. 나는 태어나지도 않았고 어머니는 고작 열 살이었다. 막내 동

생인 막송이 나이다. 나보다 어린 어머니라니 잘 상상이 되지 않는다.

27년 전의 연설을 내가 달달 외우는 건 툭하면 어머니가 내게 읽어 달라고 하기 때문이다. 어머니는 박성춘의 연설이 실린 신문 기사를 오려서 가지고 있었다. 어머니는 글을 못 읽으니 그걸 읽어서 외우고 있는 것은 아니었다. 내가 글을 배우자 어머니는 종종 그 신문 쪼가리를 내게 주며 읽어 달라고 했지만, 어머니의 저고리 안에서 어찌나 꼬깃꼬깃 접혀 있던지 글자가 다 번져서 읽을 수가 없었다. 그래서 나는 읽는 척 어머니가 내게 해 주었던 말을 그대로 외웠다. 어머니는 노래라도 듣는 듯 두 눈을 감고 앉은 채 발가락 끝을 까닥였다.

"두메, 니가 글을 읽을 줄 안게 참 좋다."

"어무이는 이게 그리 좋나?"

"좋지. 백정이 사람들 앞에서 연설을 다 하고. 상상이나 할 일인가. 얼마나 멋있나. 충군애국의 뜻은 대강 알고 있다고. 내 어릴 적에 저거를 듣고 아, 한성에 가 직접 들으면 얼마나 멋졌을까. 한성에 한번 가 보고 싶다, 얼마나 애를 태웠는지 몰라."

"한성?"

"경성. 어무이 어릴 적엔 다 그렇게 불렀다."

어머니는 멋있다고 했다. 백정이 충군애국의 뜻을 안다고 외치고, 사람들 앞에서 박수를 받는 모습을 상상하면 얼마나 멋있냐고.
나는 이불 아래 쑤셔 놓았던 보따리를 옆구리에 단단히 끼웠다.
문밖에서 석송 오빠가 내게 손짓을 했다. 아버지가 밖을 신경 쓰
지 않으니 얼른 나오라는 신호였다. 나는 화살처럼 달려 나가 덜
렁이는 문을 밀어젖혔다.

"동생, 잘 다녀와라."

등 뒤에서 석송 오빠가 나를 배웅하는 말소리가 들려왔다. 아버
지는 내가 글 배우러 다니는 것을 아주 싫어한다. 가시나가 글 배
우면 팔자만 사나워진다고 역정을 낸다. 그래도 어머니는 내가 글
배우는 걸 좋아하고 석송 오빠도 내 편이다. 무엇보다 오름 아저
씨가 내가 오는 것을 반기니 아버지도 내가 나다니는 것을 아예
막지는 못한다. 그렇지만 마주치면 혼은 내니깐 오갈 때마다 석송
오빠가 망을 봐 준다. 나는 숨 가쁘게 뛰어 백정촌 밖으로 나왔다.
이젠 서두르지 않아도 된다. 훈장님이 오려면 그림자가 좀 더 짧
아져야 한다.

산길을 걸어 내려가며 박성춘의 연설을 웅얼거려 보았다. 종종
외워야 까먹지 않는다.

"나는 대한의 가장 천하고 무지몰각합니다……. 아니, 와 젤 천
하다 그라나. 남들이 천하다고 하는 것도 서러운데 왜 지가 지한
테 천하다 그래. 천하기를 뭐 그래 천하다고!"

성질이 나서 버럭 소리를 질렀다. 어차피 길에는 나 혼자였다. 백정촌이 있는 산기슭에서 한천가에 자리 잡은 오름 아저씨의 집까지는 구불구불한 산길을 한참이나 내려가야 한다. 눈과 발에 익은 길이니 가는 것은 하나도 힘들지 않았지만, 가끔 같이 갈 친구 한 명 있었으면 덜 심심하고 좋겠다는 생각이 들 때는 있다. 배부른 바람이라는 것은 알고 있다. 내가 오름 아저씨 집에 공부하러 갈 수 있는 것만 해도 행운이라는 사실도.

백정촌 아이들 중 언문이라도 읽을 수 있는 것은 나뿐이다. "두메, 니는 얼마나 좋나. 글도 배우고. 만날 일 안 해도 되고." 백정촌의 몇몇 애들은 대놓고 나를 부러워한다. "우리 집 돌이도 좀 광대네 공부하는 데 껴 달라고 하면 안 되나." 백정촌에서 제일 나이가 많은 돌이네 할아버지는 석송 오빠에게 은밀하게 그런 부탁을 하기도 했다.

백정촌 어른들, 특히 열 살 넘은 남자애가 있는 집 어른들은 누구나 아이에게 글을 가르치고 싶어 한다. 하지만 백정촌 아이들은 갈 곳이 없다. 한천에서 다리 하나 건너면 있는 노촌에 언문을 가르치는 강습소가 있고, 걸어서 두 시간 거리의 읍에는 보통학교가 있다. 그러나 백정에게는 그 모든 것이 그림의 떡이다. 강습소에서도 학교에서도 백정의 입학을 거부했다. '백정의 아이들과는 함께 수업을 받을 수 없다'는 것이 이유였다.

"진주에서는 강상호라는 양반이 백정 아들을 양자로 삼아 보통학교에도 입학하게 힘쓰고 그랬다던데. 여기선 그런 일은 안 일어나나 보다."

그 이야기를 할 때에 오름 아저씨는 몹시 실망한 듯 보였다. 오름 아저씨가 외동아들인 광대를 보통학교에 보내려고 갖은 애를 쓴 것은 읍에서도 유명한 이야기였다. 오름 아저씨는 광대의 손을 잡고 보통학교 교문 앞을 서성거렸다. 가끔은 꽹과리를 치며 항의했고, 교장 선생님의 옷자락을 부여잡고 매달리기도 했다. 그래도 안 되는 건 안 됐다. 아무리 돈이 많아도, 권력 있는 일본 사람과 알고 지내도 오름 아저씨의 호적에는 붉은 점이 콱 찍혀 있었다.

호적에 찍힌 붉은 점. 백정은 본래 호적에도 오르지 않았다. 나라가 인정하는 백성이, 사람이 아니었으니깐. 백정에게 호적이 생긴 건 갑오개혁 이후였다. 호적법에 의해 정식으로 호적에 등록되는 대한제국의 '백성'이 됐다. 그 말인즉슨 납세와 군역의 의무를 지게 되고 동시에 나라의 보호를 받게 된다는 거였다.

백정들은 은근히 기대를 했다. 호적이 생겼으니 이젠 양민들이 행패를 부리면 경찰서에 고발을 할 수 있으리라. 호적이 생겼으니 드디어 아이들을 학교에 보낼 수 있으리라 생각했다. 그러나 그건 착각이었다. 백정의 호적에는 직업이 '도한(짐승을 잡는 자)'이라고 쓰였다. 혹은 붉은 점을 찍어 백정임을 표시했다. 그 표시가 있는 한 백정은 계속해서 차별받아야 했다. 경찰서에 가도 백정임이 드러나면 제대로 말을 들어주지 않았고, 학교에서는 입학을 거부당했다.

오름 아저씨는 결국 안동에서 곽 훈장을 광대의 선생님으로 불러왔다. 곽 훈장은 근사한 턱수염을 가진 할아버지였는데 돈이 없어서 호적을 팔고 몰락한 양반이라고 했다. 그래도 양반인지라 오름 아저씨 집에서 함께 지낼 수는 없다고 우겼다. 오름 아저씨는 노촌 안에 곽 훈장의 집을 얻어 주고 생활비도 모두 지원해 주었다. 그런 오름 아저씨의 행동에 노촌 사람들은 또 숙덕였다. "양반이 백정을 갈키나. 말세다, 말세." "저런 아가 공부한다고 뭐가 되나." 물론 오름 아저씨 앞에서는 입도 뻥긋 못 했다. 오름 아저씨는 노촌 안에서도 똑바로 앞을 보며 걸을 수 있는 유일한 백정이었다.

'형평 분사가 생기면 뭐 하나. 변한 게 아무것도 없는데.'

대한의 가장 천하고 무지몰각한 존재, 백정. 누구나 백정을 천하다고 했다. 백정들 자신도 그랬다. 아버지는 자기보다 어린 노촌 어린애들에게도 '천한 소인'이라며 허리를 굽실거려야 했다. 노촌 안을 다닐 때에는 고개를 들어서는 안 되었고 길 한가운데로 다녀서도 안 되었다. 임신한 사람을 보면 멀리서 빙 돌아 마주치지 않도록 신경 써야 했는데 백정의 불길함이 배 속 아이에게 옮는다는 이유였다. 금줄이 걸린 집이나 노약자가 병을 앓고 있는 집 앞을 지나가도 욕을 먹었다.

아버지는 노촌 남자들처럼 상투를 틀 수 없었다. 아무리 비가 와도 가죽신을 신어서는 안 되었다. 백정촌 남자들은 전부 머리를 풀어 헤치고 다녔는데 뻣뻣하고 거친 머리카락은 겨울이면 끝이 얼어붙기도 했다. 아버지는 지저분한 것을 싫어해서 머리를 하나로 묶었고, 석송 오빠와 막송이의 머리도 묶어 주었다. 노촌의 나이 든 어른들은 그것을 못마땅하게 여겼다. 아버지가 어쩌다 노촌에 올 때면 건방지다고 지팡이 끝으로 아버지의 머리통을 후려갈기곤 했다. 그래서 아버지는 노촌에 가는 것을 싫어했다. 매년 백중날 축제 때에도 백정촌 안에서 꼼짝하지 않았다.

'박성춘, 그 아재가 그렇게 안 말했으면 좋았을 낀데. 이왕 말하는 거 와 백정이 가장 천하냐고 따져 묻기나 하지. 근데 그 아재는 와 성이 있지? 혹시 가짜 백정 아니었을까?'

백정은 성을 가질 수 없다. 옛날부터 그랬다. 갑오개혁으로 신분제가 폐지된 후에도 그랬다. 법으로야 괜찮다고 해도 어디 없던 성이 하늘에서 뚝 떨어질 리가 없다. 몇몇 백정들이 아이들에게 성을 붙여 주었다가 마을 사람들에게 흠씬 두들겨 맞았다는 이야기가 심심치 않게 들려왔다. 신분이 없어지기는 무슨. 제아무리 나라에서 백정이고 양민이고 모두가 평등하다 외쳐도 백정들은 그 평등이 어디 있는지 도통 느낄 수가 없었다.

그런 중에 읍내 한가운데에 있는 회관에 '예천 형평 분사'라는 푯말이 달렸다. 그 소식을 들었을 때 얼마나 가슴이 두근거렸던지.

내가 형평운동에 대해 처음 들은 건 2년 전이었다. 나뿐만이 아니었다. '진주에서 형평사라는 것이 창립되었는데 백정들이 계급 타파를 외친다고 한다'는 소식에 모두가 들썩였다. 노촌 사람들은 코웃음 쳤다. "무슨 수로." 백정촌의 반응은 반으로 갈렸다. "나라님도 못 한 걸 우리끼리 모여 봤자 뭐 되겠나." "애들 학교 가게 해 준다지 않나. 진주에서만 하나?"

하지만 그 형평사를 세운 사람 중에 양반이 껴 있다는 사실이 알려지자 반응은 판이하게 달라졌다. 노촌 사람들은 양반이 왜 그러냐며 당황해했다. 반면 백정촌 사람들의 표정에는 기대가 차올랐다. 그러나 형평운동은 좀처럼 예천에 도착하지 않았다. 김천에 분사가 생겼다는 소문을 들을 때마다 애가 탔다. 우리 마을에는 영영 그런 운동이 일어나지 않으면 어쩌나 했다.

그랬는데 2년 만에 드디어 예천 형평 분사가 생겼다. 하지만 웬걸. 그 푯말이 달리고 어느새 1년이 훌쩍 지났는데 바뀐 건 무엇도 없었다.

'담에 내는 사람들 앞에서 연설할 일 있으면 그렇게 말해야지. 나는 백정의 딸이지만 내도 귀한 백성입니다, 라고.'

산길이 끝났다. 오름 아저씨의 집은 백정촌과 노촌을 오가는 산길의 끄트머리, 커다란 소나무 아래에 있다. 한천을 등지고 있는데 다리가 바로 옆에 있어 썩 편한 곳이다. 원래는 주막이 있었지만 4년 전에 오름 아저씨가 사들여서 부수고 집을 지었다. 노촌 사람들은 못마땅해했지만 나는 그 주막이 없어진 게 썩 통쾌했다.

주막 아줌마는 나와 석송 오빠가 다리를 건너려고 주막 옆을 지날 때마다 찬물 한 바가지를 휙 뿌려 대곤 했었다. "망할 백정 새끼들. 부정 탄다, 안 가나!"라고 소리를 지르면서. 우리도 마주 소리 질렀다. "이따위 주막 콱 망해라!" 그럼 담벼락 너머로 찬물 한 바가지가 더 뿌려졌고 종종 나는 홀딱 젖은 채로 노촌에 가야 했다.

나는 오름 아저씨의 집 대문 앞에 섰다. 나무 막대 세 개에 짚을 엮어 만든 있으나 마나 한 엉성한 우리 집 문과는 다르게 튼튼한 문이다. 문도 문이지만 오름 아저씨네 집에서 무엇보다 멋진 부분은 지붕이다. 보란 듯이 기와로 올린 지붕. 노촌 사람들은 오름 아저씨가 집을 지을 때에 "감히 백정이 기와지붕을 올리다니!"라고 화를 내었다. 그 때문에 공사가 중단된 것도 서너 번이었다. 하지만 그때마다 기노시타가 오름 아저씨의 편을 들었기에 결국 집은 완성되었다. 양반님들도 순사의 말은 무시 못 한다는데 노촌 사람들이 그 말을 어길 수 있을 리가 없었다.

노촌에는 양반이 없다. 절기마다 양반집 노비가 찾아와서 세금만 걷어 갔다. 노촌 사람들은 벼농사와 고추 농사를 주로 지었고 감나무와 사과나무를 길렀다. 대부분이 소작농이었으며 보릿고개 때에는 백정촌 사람들처럼 흑응산의 신세를 졌다. 백정촌이나 노촌이나 가난하기는 마찬가지였다. 오히려 백정촌 중 벌이가 좋은 집은 노촌 사람들보다 더 풍족하게 지내기도 했다. 짚을 씌워 만든 초가집만 즐비한 노촌의 바깥쪽, 백정촌 길목에 지어진 기와집. 노촌 사람들은 오름 아저씨의 집 근처를 어슬렁거리다 괜스레 퉤, 침을 뱉곤 했다.

"두메, 왔냐?"

문을 열고 들어가자 대청에 앉아 있던 오름 아저씨가 내게 인사를 건넸다.

"야, 계셨습니까."

"오냐. 훈장님하고 광대는 방에 있다."

오름 아저씨는 경성 말씨를 썼다. 백정촌과 노촌을 통틀어 어른들 중에 경성 말씨를 쓰는 건 기노시타와 오름 아저씨뿐이었다. 그 말투는 두 사람이 예천 사람이 아니라는 것을 상기시켰다.

"참, 두메야."

오름 아저씨가 내게 자기 앞으로 와 보라고 손짓을 했다. 내가 앞에 서자 오름 아저씨는 목소리를 낮춰 은밀하게 물었다.

"너는 천자문을 다 뗐다 하던데. 언문도 척척 읽는다며."

"야, 언문은 대송 오라버니가 책을 두고 가서 그걸로 알음알음

했어라."

"너 혼자? 이야, 똑똑하다."

오름 아저씨가 왜 이러는지는 뻔했다. 곽 훈장이 광대가 공부를 못 따라온다고 불평했을 것이다. 곽 훈장은 오름 아저씨에게 그런 불평을 하는 것을 즐겼는데 그때만은 오름 아저씨가 곽 훈장에게 쩔쩔매기 때문이었다. 광대가 수업을 잘 못 따라오는 것은 사실이었지만 한 달에 두어 번이나 불평할 필요는 없지 않은가. 무엇보다 나는 오름 아저씨가 광대에게 공부를 그만 시키면 어쩌나 걱정이 되었다. 그럼 내가 공부할 수 있는 기회도 끝이 날 거였다.

"대송이도 그렇고, 가야는 자식 복이 넘친다. 두메, 너는 계집애여도 나중에 큰일 하겠다. 그 좋은 머리 썩히면 아깝지. 아깝고말고."

"광대도 이젠 언문은 다 씁니다. 지가 보기에는 광대가 느려도 성실한데요."

내 말에 오름 아저씨의 입꼬리가 슬쩍 올라갔다. 오름 아저씨는 누군가 광대를 칭찬하면 좋아하는 기색을 감추지 못한다.

"그렇지? 우리 광대가 느려도 성실하고 착하지."

"그러면 지는 이만 들어가 볼게요."

"오냐."

나는 대청을 지나 쪽마루에서 신을 벗고 쪽방으로 들어갔다. 곽 훈장이 곰방대를 빨며 앉아 있었다. 그 앞에 쭈뼛쭈뼛 앉아 있던 광대는 내가 들어와 앉자마자 어미 닭 본 병아리처럼 내 옆에 찰싹 붙어 앉았다.

"어허, 남녀칠세부동석이라 안 했나. 떨어지라!"

곽 훈장이 호통을 치며 곰방대를 던졌다. 곰방대는 나와 광대 앞에 힘없이 떨어졌다. 광대는 곰방대를 멀뚱히 바라볼 뿐 엉덩이를 들썩이는 시늉도 안 했다.

"저 버르장머리 봐라. 하긴 저러니 머저리지."

곽 훈장이 끌끌 혀를 찼다. 나는 광대의 옆구리를 쿡 찌르며 속삭였다.

"좀 떨어지어."

내 말에 광대는 단번에 엉덩이를 움직여 원래 자기가 앉아 있던 자리로 갔다. 곽 훈장의 눈이 더욱더 세모꼴이 되었다. 그래도 그이상의 잔소리는 하지 않았다. 곽 훈장은 어험, 헛기침을 하고 책을 펼쳤다. 천자문 읽기가 시작되었다.

'보통학교 수업은 더 재미있을 테지.'

곽 훈장은 한문과 언문만 가르친다. 보통학교에서는 산술이라고 수를 더하고 빼는 것도 가르쳐 주고, 그림 그리는 것도 가르쳐 준다고 했다.

나는 가끔 보통학교에 다니는 상상을 한다. 보통학교에 다니는 여자애들은 흰 저고리에 검은 치마를 입고 옆구리에는 책 보퉁이를 끼고 다닌다고 했다.

'백정도 학교에 갈 수 있게 되면……'

예천 형평 분사의 활동이 잘되면 백정도 학교에 갈 수 있는 때가 올 거다. 혹은 마음 좋은 어느 양반이 나를 거두어서 후견인이 되어 학교에 추천서를 써 준다고 나설 수도 있다. 그러면 나도 학교에 갈 수 있다. 이런 고리타분한 한문 말고 신학문을 배울 수 있게 된다.

'백정도 학교에 갈 수 있게 되면……. 그래도 내는 못 갈 기다.'

노촌 아이들 중에도 보통학교에 다니는 애들이 서너 명 있다. 그나마 벌이가 괜찮은 집 아이들, 딱 봐도 입성부터 다른 아이들이다. 강습소 수업료가 한 달 2전인 것에 비해 보통학교 수업료는 30전이나 되었다. 교과서는 한 권에 15전이었다. 1년이면 수업료만으로 거의 4원 가까이 드는 셈이었다. 한 달에 12원에서 15원쯤 벌어 간신히 먹고사는 사람들에게는 적은 돈이 아니다.

그렇기에 보통학교에 애들을 보내는 집은 부러움의 대상이었다. 그만큼의 수업료를 낼 수 있다는 것은 먹을 만치는 번다는 뜻이었으니깐. 그런데 그 서너 명 중에 여자애는 한 명도 없었다. 누군가 여자애를 학교에 보낸다면 사람들은 입을 모아 물어볼 터였다. "가시나를 가르쳐서 어따가 쓰려고?"라고.

백정이 학교에 갈 수 있게 되면, 우리 집이 돌이 할아버지나 오름 아저씨처럼 돈이 많게 되면 아버지는 나를 보통학교에 보내 줄까? 안 보내 줄 것만 같다.

'어차피 백정은 학교에 못 가는 거. 쓸데없다.'

그런데도 흰 저고리와 검은 치마가 자꾸 떠올라서 나는 더욱 목소리를 높여 천자문을 외웠다. 하늘 천, 땅 지……. 목소리는 자꾸자꾸 더 커져만 갔다.

*

수업이 끝날 무렵, 쪽방 문이 열렸다.

"이것 좀 드시고 가십시오."

오름 아저씨가 쟁반에 주전부리를 담아 들고 왔다. 빛깔 고운 눈깔사탕과 눈처럼 하얀 박하사탕이 수북이 담겨 있었다. 하나에 1전이나 하는 사탕은 좀처럼 구경하기 힘든 고급 주전부리다. 그리고 누구나 좋아하는 것이기도 하다. 아이들은 달달한 눈깔사탕에, 어른들은 알싸한 박하사탕에 사족을 못 썼다. 사탕을 파는 방물장수가 올 때면 너 나 할 것 없이 하나쯤 얻을 수 없을까 하여 방물장수 주변을 기웃거리곤 했다.

"두메, 너도 먹어라."

나는 사양치 않고 쟁반에 달려들었다. 곽 훈장은 어흠, 헛기침을 했다. 자신의 몫을 따로 내오지 않은 것에 기분이 상한 눈치였다. 그럼에도 쟁반에서 눈을 떼지 못했다. 주전부리 중에 곽 훈장이 제일 좋아하는 것이 박하사탕이었다.

"아들하고 어찌 같은 것을 먹겠나."

오름 아저씨가 "소인이 생각이 부족했습니다"라고 하면서 따로 사탕을 담아냈다면 곽 훈장은 마다하지 않았을 터였다.

"그러게요. 제가 둔해서 신경을 못 썼습니다."

하지만 오름 아저씨는 멀뚱히 앉아 광대의 입에 사탕을 넣어 줄 뿐 꼼짝도 하지 않았다. 곽 훈장의 얼굴이 벌겋게 달아올랐다. 곽 훈장은 자리에서 벌떡 일어났다.

"내는 이만 가겠소."

"예, 살펴 가십시오."

곽 훈장이 도포 자락이 펄럭일 정도로 쾅쾅 소리 나게 방을 걸어 나가도 오름 아저씨는 태평했다. 이건 오름 아저씨 나름의 복수였다. 곽 훈장이 광대가 공부를 못한다고 불평을 하는 날마다 오름 아저씨는 작은 복수극을 벌였다. 곽 훈장의 생활비를 조금 덜 주거나 대놓고 양반 대접을 안 해 주거나 하는 식이었다.

"아재요, 아재는 안 무섭습니까?"

나는 사탕을 왼쪽 볼에 물고는 물었다.

"무엇이?"

"양반한테 이리 구는 거."

오름 아저씨는 박하사탕을 와득와득 깨물어 먹었다.

"무섭기는. 조선 양반이 뭐 일본 사무라이처럼 칼을 차고 다니는 것도 아닌데."

"순사처럼?"

"그렇지. 그리고 곽 훈장은 이젠 양반도 아니야. 호적 팔았잖아. 양반 취급 해 주면 아이고 고맙구먼, 해야지. 뭐 저리 고개가 빳빳한지 모르겠어."

"호적을 팔면 양반도 더 이상 양반이 아닌 겁니까?"

오름 아저씨는 잠시 생각하더니 고개를 끄덕였다.

"그렇고말고. 양반 그거 그까짓 종이 한 장이다. 두메야, 너는 똑똑하니깐 잘 새겨들어라. 세상이 변할 거다. 양반이고 농민이고 천민이고 간에 앞으로는 돈 있는 놈이 최고가 될 거야."

다른 사람이 그렇게 말했으면 나는 헛소리라 생각했을 거다. 하지만 그 말을 하는 사람이 오름 아저씨이기에 진짜 앞으로는 그런 세상이 될 것만 같았다. 돈이 많다는 이유로 백정에게 금지된 모든 것을 가진 오름 아저씨. 백정이 당하는 온갖 멸시에서 조금이나마 벗어난 아저씨.

"돈이 최고면 광대 공부는 왜 시켜요?"

"일본 놈들 상대하려면 한자쯤은 척척 읽어야 해. 서양 말도 할

수 있으면 더 좋고. 서양 말을 할 줄 알면 일본 놈들도 껌뻑 죽는
다. 광대야, 서양 말 배울래?"

광대는 히죽 웃기만 할 뿐이었다. 나는 광대 대신 대답하고 싶었
다. 그럼요. 내는 뭐든 배우고 싶습니다. 다 배우고 싶습니다. 나는
가뭄에 메마른 논바닥처럼 무슨 책이든, 무슨 지식이든 쭉쭉 빨아
들이고 싶었다. 그러나 그 질문은 나를 위한 것이 아니었기에 나
는 잠자코 사탕 하나를 더 집어 다른 쪽 볼에 밀어 넣었다.

오름 아저씨의 집은 노촌과 백정촌 어느 쪽도 아닌 길 한가운데
있었다. 나는 그런 존재가 되고 싶었다. 어디에도 속하지 않은 그
저 두메별이로.

내 이름 두메별

✿

✦

내 이름은 두메별이다. 어머니는 나를 임신했을 때 꿈을 꿨다. 어두운 밤하늘 아래, 하얗고 작은 꽃이 핀 풀이 한가득 잔뜩 흔들리고 있었다. 어머니는 그 꽃이 하늘에서 떨어진 별 같다 생각해 손을 뻗어 하나를 꺾었다. 잠에서 깨어난 어머니는 마음먹었다. 배 속의 아이가 태어나면 '두메별'이라고 불러야지, 하고. 아버지는 어머니의 생각을 썩 마음에 들어 하지는 않았다. '두메별꽃'의 또다른 이름이 '백정화'이기 때문이었다.

"백정 딸인 거 모르는 사람 있나. 아를 두메별이라 부르게."

그래도 아버지는 어머니가 하는 대로 내버려 두었다. 내가 딸이기 때문이었다. 아버지는 내가 딸로 태어난 것에 실망했다. 아버지는 아들을 바랐다. 큰오빠와 작은오빠는 다섯 살 차이가 났고, 나와 작은오빠는 한 살 차이가 났다. 큰오빠가 집을 떠난 후, 아버지는 그 빈자리를 셋째 아들이 태어나 메워 주기를 바랐다. 그러나 태어난 것은 나였다. 아버지는 내 이름에 대한 무관심으로 자신의 실망을 드러냈다.

아버지의 이름에 대한 유난은 백정촌 안에서 유명했다. 아버지는 큰오빠 이름을 점쟁이에게 찾아가 지어 왔다. 백정의 아이에게 이름은 무의미한 것이다. 쓸 수 있는 한자도 제한되어 있고, 굳이 의미 있는 이름을 지어 주려는 사람도 없다. 어떤 염원을 담아 이름을 지어도 백정의 아이는 백정이 될 테니깐. 그러나 아버지는 점쟁이에게 가죽신을 두 켤레나 주고 '대송'이라는 이름을 고이 받아 왔다. 지금에 비해 잘살았기에 가능한 일이었다. 그때 아버지는 갖바치였다. 마을 사람들은 아버지가 갖바치 중에서도 솜씨가 좋다 하여 '가야'라는 애칭으로 불렀다.

백정 중에서 가죽을 벗기는 갖바치는 제법 벌이가 괜찮은 편이었다. 백정이라고 모두 가지고 있는 기술이 아니었기 때문이다. 게다가 아버지처럼 소 잡을 때 쓰는 촛대를 잘 다루면서 가죽까지 잘 벗기는 사람은 더욱이 몇 없었다. 촛대를 잘못 다루면 짐승의 머리를 칠 때 가죽에 상처가 남았다. 담비 같은, 머리 가죽까지 깨끗하고 온전히 벗겨 내어야 높은 가격을 받을 수 있는 짐승이 손에 들어오면 사람들은 당연하다는 듯 아버지를 찾았다.

아버지는 손재주가 좋았기에 사람들은 보통 물건 제작까지 함께 의뢰했다. 아버지는 물건을 만들고 남은 자투리 가죽을 모두 가질 수 있었고, 그걸로 가죽신이며 장신구를 만들어 팔았다. 가끔은 안동 양반들도 아버지가 파는 옷이며 신을 사러 오곤 했다. 제법 쏠쏠한 벌이였다.

작은오빠가 태어났을 때에는 상황이 달라졌다. 나라에서 백정이 개별적으로 가죽을 파는 것을 금지한 탓이었다. 도수 규칙이 제정되면서 도축장을 경영하기 위해서는 허가를 받아야 했고, 가죽과 고기 및 다른 부속물에 대해서도 개인이 함부로 가질 수 없게 되었다. 허가를 받은 도축장은 대부분 일본인이 운영하는 것이었다.

예촌과 같은 시골도 그 법을 피해 갈 수 없었다. 백정촌에서 1리쯤 안쪽으로 들어간 곳, 하천의 물길이 닿는 곳에 커다란 도사가 지어졌다. 도사의 주인은 경성에 사는 일본인이라고 했다. 순사들이 노촌을 돌아다니며 백정에게 개인적으로 일감을 맡기면 큰 벌을 받는다고 엄포를 놓았다. 그때부터 백정촌 사람들은 모두 그곳에서 일감을 받아야만 했다.

소를 잡는 값은 얼마 되지 않았다. 그 전에도 소를 잡는 일은 헐값이었고, 백정들의 돈벌이가 되었던 것은 나누어 받은 고기를 파는 일과 가죽 등의 부산물로 만든 옷과 공예품이었다. 그러나 도수 규칙이 제정되면서 백정은 고기도 가죽도 팔 수 없게 되었다. 그 모든 권리는 도사를 가진 일본인의 것이 되었다. 일본 사람들은 한국에서 나는 소가죽을 아주 좋아했다. 그래서 도축장을 경영하는 권리를 몽땅 차지했다. 나라에서 운영하는 몇 개를 제외하고는. 몇몇 백정들은 그런 일본인의 신임을 얻어 부자가 될 기회를 잡았다.

하지만 그 기회는 우리 집과는 인연이 없었다. 아버지는 점점 가난해졌고 결국 갖바치를 그만두었다. 일감이 있을 때면 도사에 나갔고, 그렇지 않을 때면 마당에 멍하니 서서 담뱃잎을 씹었다.

그래도 작은오빠가 태어났을 때에 아버지는 기뻐했다. 무려 5년 만에 태어난 두 번째 자식이었으니 그럴 만도 했다. 아버지는 한 달이나 담뱃잎을 사지 않고 돈을 모아, 쌀과 고기를 사서 국을 끓여 어머니와 작은오빠를 먹였다. 이름도 고민 끝에 '석송'으로 지었다. 첫째가 '대송'이니 둘째도 '송'을 붙이면 좋은 이름이 되겠지, 생각했던 것이다. 하지만 내가 태어나던 밤, 아버지는 그저 담뱃잎만 씹었다.

"두메별꽃은 만천성이라고도 불린다. 그게 얼마나 좋은 뜻인데. 예전에 나를 예뻐했던 양반집 아씨가 가르쳐 줬어. 그것이 하늘의 별이라고. 양반 딸이 시집갈 때 타는 가마 꼭대기에 구슬을 다는

데 그걸 그렇게 부르는데. 그러니깐 두메, 니 이름도 아주 좋은 이름이다."

내가 왜 오빠들 이름만 '송'으로 끝나냐고, 나는 다르냐고 따져물을 때마다 어머니는 나를 다독였다. 나중에는 어머니가 해 주는 이야기가 좋아서 일부러 칭얼거리기도 했다. 그것도 나와 세 살차이 나는 동생 아지가 태어날 때까지였다. 여동생의 이름 '아지'는 '아기'란 뜻이었고, 백정촌에는 '아지'가 다섯 명이나 있었다. 그애들은 큰 아지, 작은 아지, 소아지, 대아지 등으로 구분해 불렀다. 소처럼 대중소로 나뉘어 불리지 않는 것만으로도 나는 감사해야 했다.

1년 뒤에 태어난 막냇동생은 남자애였고, 그래서 '막송'이란 이름을 받았다. 아지는 나보다 훨씬 착했다. 왜 자기만 아지냐고 한번도 칭얼거리지도 않고 고작 한 살 어린 동생을 애지중지 돌보았다. 아지와 막송이는 얼굴이 꼭 닮아서 둘이 붙어 있으면 쌍둥이처럼 보이기도 했다. 그런 아지 앞에서 이름 투정을 하기엔 아무래도 창피했다.

두메. 사람들은 나를 두메라 불렀다. 아버지도 어머니도 온 식구가 두메라 불렀다. 내 얼굴이 산골처럼 울퉁불퉁하다는 거였다. 나는 그렇게 불리는 게 싫었지만 어머니가 "이름은 좀 험하게 불려야 오래 산다"라고 해서 어쩔 수 없이 받아들였다. 좋지 못한 환경에 부족한 음식, 얇은 옷으로 버텨야 하는 한겨울 추위, 아파도 의원을 불러올 수 없는 형편. 백정촌 아이들은 일곱 살이 지날 때까지 살아남고서야 한 명의 사람으로 취급되었다. 그러니 내가 아무리 두메라 부르지 말라 해 봤자 씨알도 먹히지 않았다.

"얼굴이 좀 못났어도 두메 니가 엉덩이는 펑퍼짐한 기 아는 잘 낳을 것이다."

옆집 할머니는 위로랍시고 내게 툭하면 이렇게 말했다. 그때마다 나는 얼굴을 잔뜩 찌푸리고 못 들은 척했다. 아기를 낳다니. 나는 남편과 아기를 원하지 않았다. 하지만 그렇게 말했다가는 할머니에게 폭풍 같은 잔소리가 날아들 것이 뻔했다.

나는 두메별이고 두메라 불린다. 하지만 딱 한 명은 나를 다르게 부른다.

*

"가야, 집에 있냐?"

오름 아저씨가 집 앞에서 아버지를 불렀다. 오름 아저씨가 백정촌에 오는 건 드문 일이다. 백정촌 사람들은 오름 아저씨가 오면 하던 일을 멈추고 주춤주춤 집 안으로 사라지곤 했다. 원래부터 백정촌은 외부 사람에 대한 경계가 심한 곳이다. 사람들은 오름 아저씨를 '백정이지만 백정 같지 않은 사람'이라고 여겼기에 처음 왔을 때부터 거리를 두고 대했다. 게다가 오름 아저씨는 백정촌 사람들의 고용주이기도 해서 거리감은 좀처럼 좁아지지 않았다.

오름 아저씨는 매년 10월이 되면 근처 마을의 감을 거의 다 사들여서 말렸다. 그렇게 만든 곶감을 근사한 함에 담고 곱게 수놓은 보자기로 싸서 일본 사람에게 팔았다. 조선의 왕에게 진상했던 곶감이라고 하면 일본인들이 너 나 할 것 없이 앞다투어 사 간다고 했다. 오름 아저씨의 곶감 사업이 잘되는 것을 본 노촌의 누군가는 그것을 따라 하려 했다가 기노시타에게 혼쭐이 나기도 했다. 곶감 판매는 오름 아저씨에게만 허가된 일이라는 거였다. 고작 곶감 파는 것에 그런 법이 어디 있냐고 팔팔 뛰어도 소용없었다. 순사가 그렇다면 그런 거니깐. 그래서 4년째 오름 아저씨는 예천읍의 '곶감 부자'로 통하고 있었다.

감을 꿰어 말리는 것은 좋은 부업거리였다. 추수가 끝나고 돈벌이가 없는 노촌 사람들은 그 일을 따내려고 오름 아저씨의 눈치를 봤다. 오름 아저씨는 백정촌 사람들도 그 일을 할 수 있게 해 주었는데 노촌 사람들은 그것을 못마땅해했다. "백정이 깎아 만든 곶감, 누가 먹고 싶겠나." "돈이 암만 많아도 백정은 백정이라. 팔이 안으로 굽는 것이지"라고 수군거렸다.

"형님, 왔소? 점심은?"

아버지가 방문을 열자 오름 아저씨는 대문을 밀고 안으로 들어왔다.

"이리 앉으시오."

나와 아지, 막송이는 방 한쪽에서 나물을 다듬고 있었다. 우리 집에는 방이 하나뿐이다. 한방에서 온 가족이 먹고 잔다. 오름 아저씨가 방에 들어오자 어머니가 내게 눈짓을 했다.

"먹었지. 아주머니, 그냥 방에 계십시오."

나는 방에 있고 싶었다. 오름 아저씨가 우리 집에까지 찾아온 건 뭔가 중요한 이야기가 있다는 거니깐. 그게 뭔지 궁금했다. 하지만 어머니는 이미 방 밖에 서서 내 팔을 잡아끌었다.

"아이래요. 고기 팔러 가야 합니다. 천천히 이야기 나누소."

고기를 파는 건 예전부터 백정 여자들의 일이었다. 도사가 허가제로 바뀐 후에는 도사에서 몇몇 여자들을 채용해 그 일을 하게 했다. 어머니는 오름 아저씨에게 부탁해 그 일을 따냈는데 아버지에게는 부탁한 것을 비밀로 하라고 했다. 아버지가 알면 화를 낼 거라고 말이다. 나는 가끔 아버지를 이해할 수 없었다. 대체 그게 왜 화를 낼 일이냔 말이다. 어머니가 고기 파는 일을 하지 않았으면 우리 식구는 굶어 죽었을 거였다.

나는 결국 어머니에게 이끌려 밖으로 나왔다.

"와 그러나."

내가 투덜거리자 어머니는 내 머리를 쥐어박는 시늉을 했다.

"어디 다 큰 가시나가 어른들 이야기하는데 있을라고."

"아지랑 막송이는!"

"아직 어리잖아."

"내랑 아지랑 세 살밖에 차이 안 난다."

"니는 3, 4년만 지나면 머리 올릴 나이여. 정신 차리라."

어머니는 내게 눈을 흘기고는 부엌으로 갔다. 어머니가 바구니를 챙기는 동안 나는 방문에 바짝 붙어 서 있었다. 안에서 말소리가 흘러나왔다.

"가야, 다시 가죽 벗겨라. 내가 조금만 더 힘쓰면 피혁 사업권을 나누어 받을 수 있어. 경성 올라갔을 때 하야시를 만나 이야기해보면 될 것 같다. 그렇지만 네가 마음을 안 정하면 내가 그걸 가져올 필요가 없으니깐."

아버지가 다시 갖바치가 된다고? 가슴이 두근거렸다. 그럼 우리집은 다시 먹고살 만해질 거다. 그럼 백정도 학교에 갈 수 있게 되면 나도 보내 달라고 떼라도 써 볼 수 있게 된다. 나는 마른침을 삼키며 아버지의 대답을 조마조마하게 기다렸다.

"형님, 내는 됐습니다."

"왜? 너 솜씨가 아까워서 그런다."

아버지는 한동안 아무 말이 없었다.

"아니면 감독관만 해도 좋다. 오히려 그게 좋을 수도 있겠다. 내가 작업장 근사하게 만들어 줄게. 네가 솜씨 좋은 애들 몇몇 키워라. 감독관 명찰도 해 줄게. 그럼 누가 두메나 석봉이를 얕보지 않을 거야."

"형님, 내는 이제 가죽은 안 만질 겁니다."

"왜? 고집부리지 말고. 야, 아지야. 이리 와 봐라, 아재한테."

방문 창호지 너머로 오름 아저씨에게 다가가는 아지의 형체가 어른거렸다.

"봐라, 이 애. 어린데도 새치름하니 예쁜 거. 돈 없으면 이 예쁜 얼굴, 수모거리밖에 안 된다. 백정 딸 팔자 어떤지 네가 몰라서 이러냐."

잠시간 아무 말소리도 들리지 않았다. 방 안에 온통 신경을 기울이고 있던 나는 그제야 어머니가 내 앞에 서 있는 것을 봤다. 어머니는 입술을 꽉 다물고 방문을 노려보고 있었다.

"그냥…… 그러네요, 형님. 그러니깐 하야신가 하는 왜놈한테 허리 굽히지 마시오. 나 때문에 그럴 필요 없데요."

눈물이 날 뻔했다. 오름 아저씨를 염려하는 아버지의 마음 씀씀이에 감동해서는 물론 아니다. 아버지의 저 바보 같음이 답답해서였다. 생판 남인 오름 아저씨도 나와 아지를 걱정해 주는데 아버지는 우리가 안중에도 없는 모양이었다.

"무리는 무슨 무리야. 네가 보태 준 돈 아니었으면 그때 난 일본 가는 배 타지도 못했다. 그럼 여기 이렇게 못 있어. 그때 그 돈 이자 받는다고 생각하면 안 되겠냐."

"이자는 무신……. 형님이 내를 안 잊고 이래 내 있는 데로 살러 와 준 걸로 되었지."

어머니가 내 손목을 꽉 잡았다.

"얼른 가자."

어머니의 손에는 팽팽하게 힘이 들어차 있었다. 나는 어머니에게 끌려가다시피 산길을 걸었다. 어머니는 빠르게 걸었고 내 손목은 점점 아파 왔다.

"어무이, 내 손목 아프다!"

결국 나는 꽥 비명을 질렀다. 그제야 어머니의 걸음이 느려지고 손에서 힘이 빠졌다. 하지만 꽉 다문 입가의 주름은 좀처럼 펴지지 않았다.

"어무이, 화났나?"

"아니."

아니기는. 거짓말 같았다.

'어무이도 아부지가 오름 아재의 말에 그리하겠다, 하길 바란 기야. 아지 이야기까지 나왔잖아. 아부지도 알 텐데. 어무이가 아지를 얼마나 걱정하는지.'

어머니는 종종 혼잣말을 했다. "아지, 저거는 왜 쓸모없이 고와" 라고. 나와 석봉 오빠는 어머니를 닮아 울퉁불퉁한 얼굴에 낮고 위로 들린 코를 가지고 있다. 막송이는 아버지와 어머니를 반반 섞어 평범한 생김새다. 아버지를 꼭 닮은 건 대송 오빠와 아지다. 대송 오빠를 본 지가 하도 오래되어 지금은 어떤지 모르겠지만 아지를 보고 있으면 대송 오빠가 떠올랐다. 달걀형 얼굴에 커다랗고 꿈꾸는 듯한 눈. 마늘종처럼 예쁜 코에 훤한 이마까지. 어디 하나 안 예쁜 곳이 없는 얼굴. 나는 아지의 얼굴이 부러웠지만 어머니는 그것이 쓸데없는 부러움이라고 했다. 백정 얼굴이 고와 봤자 팔자만 세진다며 아지를 볼 때마다 시름 깊은 한숨을 쉬었다.

"어무이, 아부지는 와 오름 아재 말을 안 듣나?"

"시끄럽디."

"어무이가 졸라 보면 안 되나."

"다 이유가 있다. 가시나, 쫑알거리지 말그라!"

어머니는 버럭 화를 냈다. 나는 어쩔 수 없이 입을 다물고 뒤따라갔다. 산길 끝, 다리 앞에서 어머니는 멈춰 섰다.

"내 혼자 다녀올라니깐 니는 광대네 가서 놀고 있어라."

어머니는 나나 아지를 데리고 고기 팔러 가는 걸 싫어했다. 내가 그 이유를 모른다 생각하는 걸까. 백정 여자가 고기를 팔러 가면 노촌 사람들은 짓궂게 굴었다. 괜히 발을 걸어 넘어뜨리기도 하고,

고깃값을 땅에 던져 줍게 하기도 했다. 어머니는 그런 모습을 내게 보이고 싶지 않은 거였다.

"내도 갈래."

"니는 고기 팔러 다니기엔 아직 어리다."

어머니는 가끔은 나를 다 큰 처녀로, 가끔은 어린아이로 대했다. 나는 그런 어머니의 장단에 기꺼이 춤을 추었다. 사실 고기 팔러 가는 건 나도 되도록 피하고 싶은 일이었다.

"알았다."

나는 다리를 건너는 어머니의 등을 봤다. 어머니는 한 번도 뒤돌아보지 않고 꼿꼿이 등을 펴고 다리를 건넜다. 그러나 저 등은 노촌에 들어가면 둥그스름하게 굽어질 터였다. 나는 어머니의 등이 완전히 보이지 않게 될 때까지 못 박힌 듯 서서 계속 지켜보았다.

'아부지가 오름 아재 말을 안 듣는 이유가 대체 뭐나.'

부아가 치밀었다. 돈만 있으면 어머니는 고기를 팔러 다니지 않아도 될 것이다. 어머니가 노촌 사람들에게 수모를 당하는 것은 아버지가 제대로 돈을 벌지 못해서였다. 아버지는 솜씨 좋은 갖바치일지는 몰라도 좋은 가장은 아니었다. 처자식도 제대로 못 먹여 살리는 가장이 무엇이란 말인가.

백정촌 어른들은 다 소처럼 일했다. 어른들만이 아니라 아이들까지 그랬다. 그래서인지 백정들은 자신이 죽여야 하는 소를 친구처럼 대했다. 소를 잡을 때면 소에게 좋은 곳으로 가라며 어설픈 염불을 외우곤 했다. 가끔 지나가는 승려가 있으면 십시일반 쌀을 모아 승려에게 염불을 부탁하기도 했다. 평생 일만 하다 죽느니 다음 생에는 꼭 양반으로 태어나거라, 그렇게 중얼거리는 백정들의 말에는 진심이 가득했다.

하지만 아버지는 일하지 않았다. 도사에서 일감을 받을 때에나 일할 뿐이었다. 오름 아저씨가 곶감 담는 통을 만들어 주면 돈을 두둑이 주겠다고 했을 때에도 거절했다. 대신에 백정촌 사람들에게 그 일을 나누어 주었다. 백정촌 사람들은 아버지를 착하다 칭찬했지만 뒤에서는 비웃고 있을 터였다. 자기 입에 풀칠도 못 하면서 왜 저렇게 구냐고 말이다. 아버지는 나무를 하지도 않았고 몰래 술을 빚어 팔지도 않았으며 사냥을 하지도 않았다. 그저 마당에 서서 담뱃잎만 씹었다.

우리 식구를 먹여 살리는 것은 어머니다. 하지만 어머니는 늘 아버지의 말에 꼼짝을 못 했다. 한 살 더 먹어 갈수록 나는 그것이 견딜 수 없이 이상했다.

'어무이가 아부지한테 먼저 반해서 그렇지.'

백정촌 아줌마들 사이에서 아버지와 어머니의 사랑 이야기는 두고두고 회자되었다. 가끔 마을에서 막걸리 잔치가 벌어지면 그 이야기가 꼭 나왔다. 남의 사랑 이야기만큼 좋은 술안주는 없는 법이라나.

어느 한 백정촌에 어릴 적부터 유독 잘생긴 남자가 있었다. 백정촌의 여자들은 다 그 남자를 좋아했지만 그중에서도 남자의 옆집에 살던 여자는 특히나 죽고 못 살았다. 백정촌 사람들은 여자의 사랑이 이루어질 거라 여기지 않았다. 여자는 얼굴이 울퉁불퉁 감자처럼 못생겼으니깐.

남자는 열네 살에 훌쩍 마을을 떠났다. 그래서 더욱더 그 사랑은 이루어질 가망이 없어 보였다. 남자는 1년, 2년이 지나도 돌아오지 않았고 혼기가 찬 여자는 결혼을 하라는 재촉에 시달렸다. 여자는 열여덟 살이 되기 전에 결혼을 해야지 그러지 않으면 모자란 사람 취급을 당했다. 그런데도 여자는 버텼다.

2년이 더 지났을 때 남자는 돌아왔다. 돈 한 푼 없이 풍파에 시달린 듯 이마에 굵은 주름만 새겨 왔다. 남자는 의욕 없이 집 한편에 들어앉아 술만 마셨다. 제아무리 인물이 잘났어도 어디서 무엇을 하다 온지 모르는, 처자식을 먹여 살릴 수 있을 것 같지 않은 남자의 모습에 백정촌 여자들의 마음은 싸늘하게 식었다. 오직 한 사람, 그 여자만 빼고. 여자는 매일 남자를 찾아갔고, 바득바득 남자를 집 밖으로 끄집어냈고, 반년 후에는 식을 올렸다. 이미 열일곱 살 혼기가 꽉 찼는데도 결혼을 안 한다고 버티고 있던 여자가 결혼을 한다는 것만으로도 감지덕지인지라 여자의 부모도 반대하지 않았다.

"그게 끝이어라?"

"끝이지. 그 뒤야 두메, 니가 더 잘 알지 않나. 계속 아가 안 들어서가 니 어무이 마음이 썩었지, 썩었어."

이야기를 안주 삼아 들이켠 막걸리에 아줌마들의 얼굴은 벌겋게 달아올랐다. 나는 아줌마들 사이에 끼어 앉아 그릇 바닥에 남은 막걸리를 홀짝이며 좀 더 그럴싸한 이야기의 끝을 지어냈다.

'……사실 그 남자는 인간이 아니라 산신이었던 거다.'

산신은 참된 마음을 가진 여자를 찾기 위해 백정촌에 내려온 거였다. 여자의 마음이 세상에 없이 참되다는 것을 확인한 산신은 여자에게 상을 주기로 했다. 결혼식 다음 날, 여자가 눈을 뜨니 옆에 남자는 없었다. 대신 남자만큼 커다란 금덩어리가 여자의 옆에 놓여 있었다.

그쯤은 되어야 행복한 결말이지 않을까. 양 뺨에 발갛게 술기운이 올라올 때마다 나보다 어렸을 어머니를 찾아가 말해 주고 싶었다. 그 남자와 결혼하지 마, 라고.

'내는 절대 먼저 안 반할 거다.'

아버지 같은 남자와 결혼하느니 안 하는 게 더 나을 것만 같다. 나는 뒤돌아서 오름 아저씨의 집으로 향했다. 문이 열려 있어서 안으로 성큼 들어갔다. 광대가 마당 한가운데 서 있었다.

광대는 평소와 달리 웃음기 없는 얼굴로 눈도 깜빡이지 않고 하늘을 노려보고 있었다. 나는 문밖으로 슬그머니 한 발을 뺐다. 깡마른 광대의 옆얼굴도, 핏발 선 눈도, 모든 것이 낯설었다. 광대는 내가 들어온 것을 눈치채지 못한 듯했다.

나는 등을 돌리지 않고 그대로 뒷걸음쳐 오름 아저씨의 집에서 멀어졌다.

'뭔데. 와 저러나.'

어쩐지 가슴이 몹시 뛰었다. 나는 다리 옆 소나무 아래에 풀썩 주저앉았다. 광대를 흉내 내어 하늘을 올려다보았다. 2월, 겨울이 끝나 가는데도 하늘은 몹시도 차게 푸르렀다. 하지만 한참을 올려다봐도 하늘에서는 무엇도 찾을 수 없었다. 손만 점점 차가워졌다. 손등을 문지르다 저릿하니 아파 고개를 내렸다. 그제야 손목에 파란 피멍이 든 것을 봤다. 어머니에게 잡혔던 흔적이었다.

"세게도 잡았다, 아주."

나는 애꿎은 손목만 꾹꾹 눌렀다. 당장이라도 오름 아저씨의 집에 돌아가 뭘 보고 있느냐고 광대의 등을 내리치면 될 일이었다. 그러면 광대는 평소처럼 헤실헤실 웃으며 별아, 하고 나를 부를 터였다. 하지만 어쩐지 그럴 수가 없었다. 그래서는 안 될 것 같았다.

나를 두메가 아닌 별이라고 불러 주는 유일한 사람. 그건 바로 광대였다.

대송 오빠가 왔다

✿

✦

"오늘 언니도 산에 가나."

"간다. 오늘 곽 훈장님 쉰다 하더라."

"언니랑 간만에 같이 간다. 좋아라."

아지는 내 팔짱을 끼며 찰싹 달라붙었다. 아지는 나보다 세 살 어리지만 키가 나와 비슷하다. 아지와 함께 집을 나서는데 방 안에서 막송이가 구르듯이 쫓아 나왔다.

"누나들만 가나. 내도 가."

"니는 도사 가야지. 오늘도 안 가면 니 아부지한테 혼난다."

"싫다. 누나랑 있을 거다."

막송이는 나와 아지의 가운데를 파고들어 아지를 똑 떼어 갔다.

막송이는 이제 열 살이 되었는데도 아기 때처럼 아지에게서 떨어지려 하지 않았다. 아버지는 그것을 못마땅해했다. 다 큰 놈이 일도 안 배우고 누나 뒤만 졸졸 따라다닌다며 혼을 낸 적도 한두 번이 아니었다.

그래도 막송이는 아랑곳하지 않고 아지가 가는 곳이면 어디든 갔다. 아지가 부엌에서 밥을 한다고 하면 쪼르르 달려가서 아궁이에 장작을 밀어 넣었고, 아지가 화장실에 갈 때면 문 앞을 지키고 서 있기도 했다. 누나를 누가 잡아가면 안 되니깐 자기가 지켜야 한다나.

아이들에게 흑응산은 좋은 놀이터이자 식량 창고다. 백정촌의 일거리가 줄어들수록 아이들이 산에서 보내는 시간은 길어졌다. 아이들은 종종 작정하고 토끼와 다람쥐 같은 작은 산짐승을 잡으러 가기도 했다. 그걸 집에서 잡아 가죽을 벗겨 말렸다. 고기는 먹거나 팔고, 가죽은 신이나 장신구를 만들었다. 불법이었고 들키면 벌금을 물어야 했다. 그래서 백정촌 아이들은 순사인 기노시타를 누구보다 무서워했다.

기노시타는 읍에서 노촌까지 순찰을 나오는 유일한 순사였는데 노촌 사람들이나 백정촌 사람들 모두에게 무서운 존재였다. 딱히 기노시타가 난폭해서가 아니었다. 순사라는 것 자체가 공포였다. 순사는 일본인과 돈 많은 조선인, 몇몇 양반에게만 굽실거렸고, 보통의 조선인 앞에서는 황제라도 되는 듯 거들먹거렸다. 만세 운동이 일어났을 때 순사가 난폭하게 사람들을 때려잡던 모습을 모두가 기억했다. 그나마 이전에 마을에 오던 순사는 예천 출신이었기에 사람들이 덜 무서워했다. 누구네 집 아들인지를 알았으니깐. 하지만 경성에서 왔다는 기노시타는 누구의 아들인지, 조선인인지 일본인인지조차 알려진 것이 없었다.

나와 아지, 막송이는 백정촌 아이들과 뒤섞여 산으로 향했다. 백정촌 아이들은 대여섯이 패를 지어 산으로 향했다. 아무리 산에서 구할 것이 많아도 여자애들은 혼자서 산에 가지 않았다. 마을 어른들도 늘 당부했다. 혼자 산에 가면 산신이 잡아간다고. 다시는 마을로 돌아올 수 없다고.

아이들은 산신보다도 혼자 산에 갔다가 떼거리로 올라온 노촌 아이들과 마주치는 것을 무서워했다. 노촌 남자애들은 종종 백정촌 여자애들 뒤를 쫓아다니며 돌을 던지고 치마를 들치려 들었다. 서너 명이 있을 때에야 소리를 지르며 피하면 그만이지만 혼자 있을 때 남자애들과 마주치는 것은 상상하기도 싫었다. 노촌 남자에게 험한 일을 당한 백정촌 여자가 미쳐 돌아다니다가 한천에 빠졌다는 소문은 전설처럼 마을을 떠돌았다. 우리들 중 누구도 그 소문 속 여자가 되고 싶지 않았다.

3월의 산은 이곳저곳에 나도냉이가 자라나고 있었다. 구름버섯은 이미 아이들이 박박 긁어 가서 더 이상 딸 만한 것이 남아 있지 않았다. 나무줄기를 옷처럼 덮는 버섯은 겨우내 백정촌의 좋은 식량이었다.

산자락에 올라 바구니를 채우고 있는데 백정촌 아이들 중 한 명이 외쳤다.

"노촌 아들 온다!"

건너편 산자락에서 한 무리의 아이들이 역시나 바구니를 끼고 올라오고 있었다.

"가시나들이라 괜찮다."

"두메, 니는 모른다. 요사이 저것들이 아주 우리만 보면 미친 지랄이여."

"오름 아재가 백정촌에만 일 많이 준다고 시비를 건단께. 진짜 별것 아닌 거 갖고."

백정촌 아이들은 슬금슬금 한곳으로 모여 섰다.

"똥이 더러워서 피하지. 딴 데 가자."

나는 노촌 아이들 무리를 힐끔 봤다. 간난이가 그 무리에 있었다. 노촌 아이들은 고개를 빳빳하게 들고 백정촌 아이들 옆을 지나갔다. 간난이의 발걸음이 슬그머니 느려지더니 무리의 맨 뒤로 처졌다. 간난이는 노촌 아이들이 한참이나 앞서가는 것을 확인하고는 후다닥 내게로 달려왔다.

"두메야, 니 얼른 오름 아재 집에 좀 가 본나."

"와?"

"사내애들이, 노촌 사내애들이 광대를……."

"그것들이 또 광대 괴롭히나!"

간난이는 고개를 끄덕이고는 잰걸음으로 노촌 아이들을 뒤따라갔다. 간난이는 언제나 눈치를 보느라 바쁘다. 노촌 아이들 눈치를 보고, 오빠의 눈치를 보고, 아버지의 눈치를 본다. 그러니까 내 앞에서는 눈치 보지 않아도 되는데 이럴 때에는 어쩔 수가 없다. 게다가 나도 간난이를 챙길 때가 아니었다. 나는 바구니를 옆구리에 낀 채 산자락을 달려 내려갔다. 눈이 남아 있어 미끄러웠고 곳곳에 떨어진 나뭇가지가 발목을 긁었다. 그래도 뛰어 내려갔다. 오름 아저씨의 집까지 치마가 휘날리게 뛰었다.

"백정 주제에 어디 건방지게."

"함마. 바보 주제에 글은 배워가 어따 쓰나."

남자애들 서너 명이 소나무 아래에서 광대를 둘러싸고 툭툭 걸어차고 있었다. 광대는 몸을 웅크리고 앉아 맞고만 있었다. 광대는 이젠 열일곱 살이다. 나보다 세 살이나 많다. 키도 크고 덩치도 오름 아저씨를 닮아 커다란 것이 다른 애들이 괴롭혀도 통 대들 줄을 모른다. 나는 바구니를 휘두르며 남자애들 사이로 돌진했다.

"꺼져라! 왜 괴롭히는데, 가만있는 애를!"

남자애들은 내 바구니를 피하며 인상을 썼다.

"니는 왜 또 상관이야, 이 가시나야!"

남자애들은 내게 주먹을 쥐어 보였다. 그래 봤자 나를 때리지는 못할 거였다. 나를 때렸다가는 석송 오빠가 난리를 친다는 걸 몇 번 겪어서 알 테니까. 노촌 아이들은 석송 오빠를 무서워했는데, 예천읍 통틀어 칼을 가장 잘 쓴다는 소문이 쫙 퍼져서였다. 그뿐인가. 성격이 불같아서 잘못 건드리면 피를 본다는 소문도 함께 퍼져 있었다.

나와 석송 오빠가 광대와 친해진 것도 그 불같은 성격 때문이었다. 오름 아저씨가 정착을 하고 얼마 되지 않아서였다. 광대를 데리고 우리 집에 인사하러 오기 전이라 나와 석송 오빠는 광대가 오름 아저씨 아들이라는 것을 몰랐다. 숲길에서 웬 남자애가 노촌 아이들에게 백정이라고 얻어맞고 있는 것을 보고 나는 그 애를 도와주려고 달려들었다. 그러다 남자애들에게 얻어맞았다.

도사를 갔다 오는 길에 내가 맞는 것을 본 석송 오빠는 칼을 휘두르며 달려 내려왔다. "야, 니들 짐 뉘 동생을 건드나! 콱 뒤지뻘래!"라고 외치면서. 물론 칼은 휘두르기만 했고 누구도 해치진 않았다. 백정이 칼로 사람을 해치면 그야말로 중죄다. 석송 오빠도 그쯤은 알았다. 나중에 기노시타가 우리 집에 찾아와 캐물었을 때에도 오빠는 딱 잡아뗐다. "칼 갖고만 있었는데요. 다친 사람이 있긴 있나." 오름 아저씨는 다음 날 광대를 데리고 아버지를 만나러 왔고, 광대를 도와준 애들이 우리라는 것을 알고는 이것이 인연이라며 신기해했다.

그 뒤부터 노촌 아이들은 석송 오빠와 나를 건드리지 않았다. 하지만 광대는 여전히 괴롭혔다. 광대가 아무 말도 하지 않으니깐, 마주 대들지도 않으니깐 만만하게 본 것이다.

"백정 가시나 주제에. 니 콱 잡아가라 할 기다!"

"잡아가라, 잡아가! 야, 니들은 무식해서 모르나. 나라님이 백정 양민 다 없다 한 지가 언제고. 순사 불러 봐라! 양반님도 아니고 촌 무지렁이들이 싸웠다 카면 어디 신경이나 쓰나!"

"이게, 진짜!"

남자애들 중 제일 나이 많은 아이는 열두 살쯤 되어 보였다. 나머지는 일고여덟 살이나 되었을까. 열두 살 아이가 대장일 게 분명해서 나는 그 아이를 노려보았다.

"나잇값을 해라, 나잇값을!"

그러자 남자애의 얼굴이 시뻘게졌다. 남자애는 주춤주춤 뒷걸음 쳤고, 어린애들은 대장의 패배를 인정하지 않으려는 듯 외쳤다.

"백정 가시나!"

저것들은 저 말밖에 못 하나 싶었다. 나도 안다. 백정이라는 것 자체가 저들에게는 최악의 욕이라는 것을. 하지만 백정의 딸인 것은 내겐 욕이 아닌 사실이다. 저들에게 농부의 아들이라 말하는 것이 욕이 될 수 없듯이 말이다. 저들은 그걸 모른다.

"오냐, 내가 백정 딸이다! 칵 소귀신을 불러와 니들한티 철썩 붙여 버릴 것이여!"

내가 버럭 소리를 지르자 어린애들은 비명을 지르며 다리 너머로 달아났다. 대장인 듯했던 남자애는 끝까지 내게 주먹을 흔들어 보였다. 노촌 아이들이 모두 사라지고 나는 여전히 웅크려 앉은 광대의 등짝을 내리쳤다.

"일어나. 맞고만 있지 말랬지!"

"별아."

광대는 부스스 일어나며 나를 향해 헤실 웃었다. 평소와 다름없는 광대였다. 마당에 서서 하늘을 노려보던 광대는, 그 무서운 눈빛은 어디에도 없었다. 이상하리만치 마음이 턱 놓였다.

"니 때문에 나물 다 흘렸다. 주워라."

"알았어."

광대도 경성 말씨를 쓴다. 하지만 이를 아는 사람은 몇 안 된다. 나와 오름 아저씨, 석송 오빠, 간난이 정도일까. 곽 훈장도 모를 거다. 광대는 다른 사람 앞에서는 거의 말을 하지 않는다.

"밥은 먹었나?"

"일어났더니 아버지가 없어."

"아재 없음 밥도 못 먹나!"

"아버지가 나 혼자 부엌에 못 들어가게 잠가 버렸어. 불낸다고."

배고파, 라며 광대는 눈썹을 축 늘어뜨리고 배를 문질렀다.

"우째. 우리 집에 가서 먹을래?"

"그래도 돼?"

"안 될 게 뭐 있나. 나물죽 쑤어 줄게, 가자."

나는 앞장서 걸으며 광대에게 어서 오라고 손짓을 했다. 광대는 쪼르르 강아지처럼 내 뒤에 따라붙었다.

"별이가 최고야."

헤실헤실 웃는 광대. 덩치만 크지 어린아이 같은 광대. 나보다 나이는 많지만 영 어린 광대.

오름 아저씨가 마을에 자리 잡았을 때부터 사람들은 광대를 바보라고 비웃었다. 광대가 굼뜨고 맨날 웃고 다니며 말도 잘 안 한다는 게 이유였다. 오름 아저씨가 일본에서 왔다는 걸 알게 된 후부터는 비웃음에 소문이 들러붙었다. 오름 아저씨가 일본에서 돈 많고 매독에 걸린 일본 여자와 결혼해서 모자란 아이를 얻었다고. 여자가 죽고 유산을 받아 부자가 되었다는 소문이었다. 오름 아저씨가 일본어를 잘하고 일본 사람을 많이 알며, 사업 연줄도 이곳저곳에 있는 게 다 그 일본 여자 덕분이라는 거였다.

"일본 가시나들이 그리 행실이 안 좋다더라. 그러니깐 매독 같은 게 걸리지. 매독 걸린 딸도 시집 보내긴 해야 하니 조선에서 온 백정 같은 놈이라도 붙여 준 거 아니겠나. 매독 걸린 여자가 아를 낳으면 바보가 나온다더라. 그러니 광대 저건 바보가 틀림없데이." 사람들은 그렇게 숙덕거렸다. 오름 아저씨가 곁에 없을 때면 광대에게 돌을 던지기도 했다. 그러다 기노시타가 나타나면 흠칫 놀라 달아났다. 기노시타는 오름 아저씨와 사람들 사이에 문제가 발생할 때마다 대놓고 오름 아저씨 편을 들었는데 사람들은 그것도 소문의 증거라고 했다.

나는 소문이 어디까지 진짜인지 모른다. 오름 아저씨가 일본어를 할 줄 안다는 건 알아도 그 이상은 물어볼 생각도 없다. 물어봐도 대답해 주지 않을 것도 같다. 하지만 하나는 확실하게 안다. 광대는 바보가 아니다.

바보는 그런 사람들이다. 오름 아저씨 눈치는 설설 보면서 광대를 괴롭히는 사람들. 다른 사람에 대한 소문을 재미있다고 떠드는 사람들. 백정도 감정이 있다는 것을 모르는 사람들. 애 잘 낳겠다고 엉덩이를 쓰다듬고는 내가 기분 나빠 하면 백정 가시나가 뭐, 라고 말하는 노촌 할아버지 같은 사람들 말이다.

광대는 그냥 착한 거다. 그럴 뿐이다.

★

며칠 후 상상도 못 했던 일이 벌어졌다.

"진짜가? 대송이가 온다고?"

대송 오빠에게서 온 편지에는 분명 그렇게 쓰여 있었다. 내가 편지의 첫마디를 읽자 아버지의 낯빛이 단번에 굳었다.

"와 돌아오는데? 신 샘님이 대송이 아들 삼는 거 그만둔다나?"

"아니어라. 일이 있어 온다는데요. 오는 김에 인사하러 들른다 하네요."

"와도 여는 들를 필요 없는데. 뭐 좋은 꼴 본다고."

아버지는 헛기침을 하며 방 밖으로 나갔다. 그 와중에도 대송 오빠의 편지는 반듯하게 접어 품에 넣고 갔다. 어머니는 그런 아버지의 등에 눈을 흘겼다.

"여하튼 맘에도 없는 소리."

대송 오빠는 내가 다섯 살, 오빠가 열한 살일 때 진주에 갔다. 진주에 사는 신 선생님이라는 사람이 오빠를 아들로 삼아 자기 호적에 올리겠다고 했던 것이다. 갑오개혁 이후 신분제가 없어졌는데도 바뀌지 않는 사람들의 인식을 개선하기 위해, 뜻 맞는 양반 몇몇이 백정의 아이를 양자로 삼고 있다는 거였다.

양반이 무엇이 부족해 백정의 아들을 자신의 호적에 올리느냐고, 아버지는 처음에 신 선생님을 믿지 않았다. 하지만 당시 노촌을 오가던 안동 양반이 신 선생님의 보증을 서고 나섰다. 대송 오빠가 백정의 아이치고는 썩 똑똑하고 인물이 좋아 그대로 썩히기에 아까워 보여 추천했다는 거였다. 아버지는 며칠간 잠을 설쳐가며 고민했고, 결국 신 선생님에게 대송 오빠를 부탁했다.

신 선생님이 대송 오빠를 데리러 오기 며칠 전, 아버지는 담비 가죽을 얻어 와 안경집을 만들었다. 우리 가족의 한 달 치 식비는 되는 작품이었다. 대송 오빠가 집을 떠나던 날 아버지는 안경집을 건네며 몇 번이고 허리를 조아렸다. "부디 이 아이가 이곳에 돌아오지 않게, 그저 훌륭한 사람으로 자랄 수 있게만 해 주시어라" 하고 말했다.

그렇게 대송 오빠는 집을 떠났다. 그 뒤로 몇 번 오빠는 편지를 보내왔다. 하지만 우리 집에는 글을 읽을 수 있는 사람이 없었고, 아버지는 그때마다 편지 읽을 수 있는 사람을 찾아 노촌에 갔다. 노촌에 지독히 가기 싫어하는 아버지가 유일하게 노촌에 가는 때였다. 언문을 읽을 수 있게 된 후로는 내가 더듬더듬 읽었다. 아버지가 내가 공부하는 것을 못마땅해하면서도 아예 못 하게 하지는 않았는데 그게 다 대송 오빠의 편지 덕분이었다.

"니들 명심해라. 대송 오라버니를 만나도 집 밖에서는 오라버니라 부르면 안 된다. 오라버니는 이젠 양반님이여. 밖에서는 꼭 샘님, 하고 불러라."

어머니는 나와 석송 오빠, 아지와 막송이를 불러 모아서는 신신 당부했다. 아지와 막송이는 서로 얼굴만 바라보았다. 둘 다 대송 오빠 얼굴도 기억이 안 난다고 했다. 대송 오빠가 집을 떠나던 때 둘은 서너 살이었으니 그럴 만도 했다.

"걱정 마라. 야, 형님이 뭐를 가져와 줄까."

가장 들뜬 건 석송 오빠였다. 나도 기대가 되었다. 다시는 대송 오빠를 못 볼 줄 알았으니깐. 하지만 오빠를 오빠라 부르지 못한 다는 것은 마음에 안 들었다.

'오름 아재가 그랬는데. 양반 그거 별거 아니라고.'

우리 집에 돈이 많았으면 곽 훈장이 팔았다는 양반 호적을 사서 우리도 양반이 될 수 있었을지도 모른다. 그럼 대송 오빠는 계속 대송 오빠였을 텐데. 오빠는 신대송이고 나는 그냥 두메별이라는 게 이상했다. '신'이라는 양반의 성. 그것이 그렇게 중요한 것일까. 누구에게도 물어볼 수 없었다.

*

대송 오빠는 말을 타고 왔다. 당당하게 마을 입구로 들어서는 대 송 오빠의 모습에 노촌 사람들은 못마땅해하면서도 주춤주춤 한

발자국 물러나 고개를 숙이는 척했다. 그 모습이 참 우습더라고, 간난이가 전해 주었다. 갓을 쓰고 옥색 두루마기를 입은 대송 오빠는 누가 봐도 양반이었다.

우리 집 사람들은 한천 다리 바로 앞에 지키고 서 있었다. 대송 오빠가 건너오는 것을 보고 어머니는 한걸음에 다리 한가운데까지 달려 나갔다. 말이 놀라지 않게 대송 오빠가 위워, 달래는 소리가 울려 퍼졌다. 대송 오빠는 강을 건너와 말에서 내렸다.

"오랜만에 뵙습니다."

대송 오빠가 깊이 허리를 숙였다. 아버지가 손을 내저었다.

"양반님이 밖에서 이러시면 아니 되어라. 저 집으로 가십시다. 오름 형님이라고 소인하고 친분이 있는 사람 집이어라. 촌집은 더러워서 못 모시니깐."

나는 대송 오빠가 그래도 집에 가겠습니다, 하고 말해 주기를 바랐다. 아버지가 너무 굽실거리는 것도 보기 싫었고, 대송 오빠에게 소인이라 말하는 것도 싫었다. 하지만 대송 오빠는 무어라 말없이 말고삐를 잡은 아버지의 뒤를 따라갔다. 나는 말 뒤에서 느릿느릿 걸었다. 살랑살랑 흔들리는 말 꼬리와 도포 자락이 얄미웠다.

"어서 오십시오. 처음 뵙습니다. 광대야, 말 좀 마당에 매어라."

오름 아저씨는 기다렸다는 듯이 문을 활짝 열고 우리를, 정확히는 대송 오빠를 반겼다. 오름 아저씨는 깨끗하게 치워 놓은 쪽방으로 대송 오빠를 안내했다.

"이거, 큰방에 모셔야 하는데 사내 둘만 사는 집이다 보니 미처 치우지를 못해 누추한 곳으로 모십니다."

곽 훈장에게는 심드렁한 오름 아저씨가 대송 오빠에게는 유독 양반 대우를 해 주는 것도 마음에 안 들었다. 아버지와 어머니, 대송 오빠가 먼저 쪽방으로 들어갔다. 나와 석송 오빠, 아지와 막송이는 대청에 앉았다.

'우리 식구 다 같이 들어가 인사하면 안 되나.'

나는 그러고 싶었다. 하지만 내 바람과는 다르게 쪽방 문은 매정하게 닫혔다. 나는 뺨에 바람을 잔뜩 넣었다가 뺐다. 내 옆에 앉아 있던 석송 오빠가 벌렁 대청에 드러누웠다.

"에이, 뭐냐. 형님이 온다고 하니깐 좋았는데. 완전 양반님 다 되었다."

"그렇지? 오라버니 안 같다."

오름 아저씨가 쟁반에 떡을 한가득 담아 대청에 놓았다. 심드렁하니 앉아 있던 아지와 막송이가 떡에 달려들었다. 석송 오빠도 입 안 가득 떡을 밀어 넣었다.

"광대야, 니 말 안 무섭나?"

광대는 말을 맨 곳 앞에 서서 말에게 당근을 먹이고 있었다. 석송 오빠는 광대 옆으로 가서 함께 노닥거리기 시작했다. 오름 아저씨는 그 모습을 흐뭇하게 바라보았다.

"석송이가 광대를 잘 챙겨 줘서 내가 한 걱정 던다니깐. 가야가 진짜 자식 복이 많아. 두메 너는 똑똑하지, 석송이는 손재주가 가야를 닮아서 일품이지. 큰 애는 오늘 처음 봤는데 야, 완전 가야 젊을 때 판박이더라. 가야도 멀끔하게 갓 쓰고 양반 차림 했으면 저랬을 텐데."

"아재, 우리 아부지 젊을 때 알아요?"

"알지. 경성에 있는 도사에서 만나서 한동안 같은 양반집 신세를 졌어. 너희 아버지가 인물도 눈에 띄고 손재주는 또 좀 좋냐. 그 양반이 가야를 아주 높이 평가했었지. 일이 그리되지만 않았어도 가야가 지금쯤……. 아니다. 어쨌든 네 큰 오라버니가 가야를 많이 닮았어."

"내는 큰 오라버니가 저렇게 양반 된 거 싫습니다."

나는 또 뺨을 부풀렸다. 오름 아저씨가 쿡 내 뺨을 찔렀다.

"왜 싫어? 아재는 완전 놀랐는데. 백정 아들이 양반이 되다니, 그게 어디 흔한 일이냐. 그게 다 두메 네 오라버니가 인물도 잘났고 하니 가능했던 거지."

"아재는 양반 싫어하지 않아요? 곽 훈장님 싫어하는 줄 알았는데."

"곽 훈장은 양반 아니게 된 사람이 으스대는 꼴이 싫은 거지. 이거랑 그건 완전 다른 거야. 곽 훈장은 위에 있다가 아래로 내려온 거고, 두메 네 오라버니는 아래 있던 사람이 위로 올라간 것 아니냐. 오라버니가 양반하고 결혼해서 애를 낳는다 생각해 봐라. 그럼 그 아이는 무엇이 되겠냐?"

"양반이 되겠지요."

"그렇지? 그렇지만 오라버니가 양반 되었다고 네 오라버니가 아닌 게 되냐? 아니지. 양반으로 자라도 어디까지나 백정의 피가 흐르는 것이야. 양반의 피와 백정의 피가 뒤섞이는 것이지."

"뒤섞인다고요?"

"그래. 그렇게 섞이고 섞이다 보면 나중엔 백정이고 양반이고 없어지지 않겠냐?"

오름 아저씨의 말을 듣다 보니 그런가도 싶었다. 하지만 나를 안아 올리지도 않고, 점잖게 두루마기를 입고 걷는 대송 오빠가 여전히 내 오빠인 것은 맞는가도 싶었다.

"인상 쓰면 뭐 하냐. 자, 먹어라."

오름 아저씨는 꿀떡을 집어 들어 내 입에 밀어 넣었다. 나는 우물우물 떡을 씹었다. 쪽방 문이 열리고 어머니가 빠끔히 상반신을 내밀더니 손짓을 했다.

"야들아, 들와라."

석송 오빠가 가장 먼저 달려갔다. 아지와 막송이가 떡이 담긴 쟁반에서 떨어지지 않으려 해서 결국 내가 한 손씩 붙잡고 가야 했다. 곽 훈장이 앉아 있던 방 위쪽에 대송 오빠가 양반다리를 하고 앉아 있었다. 아버지와 어머니가 뒤로 물러앉은 자리에 우리가 앉았다. 석송 오빠가 발을 뻗고 편히 앉자 아버지가 뒤에서 호통을 쳤다.

"야, 무릎 꿇고 예의 있게 앉아라."

"됐습니다, 아부지. 우리끼리 있는데요, 뭐."

대송 오빠는 옆에 놓인 큰 보따리를 집어 들고 풀었다.

"이게, 맞을지 모르겠다. 아지랑 막송이 옷하고 석송아, 니는 이거 좋아할 것 같아서. 개성에서 제일 솜씨 좋은 칼잡이가 만든 거란다. 두메는 다 큰 처녀 됐을 것 같아 통 옷 크기가 감이 안 잡혀야. 워낙 쪼끄맸을 때 봐서. 그래 갖고 이기, 비단 주머니하고 노리개인데……."

석송 오빠는 당장 보따리로 달려들었다. 대송 오빠가 가져온 칼은 칼집까지 멋있는 가죽으로 만들어진 것이, 한눈에 봐도 예천 읍의 다른 백정들이 쓰는 것과는 비교되지 않게 좋아 보였다. 아지와 막송이도 새 옷을 들쳐 보며 헤실헤실 웃었다. 나는 노리개를 만지작거리며 대송 오빠를 빤히 봤다. 우리에게 선물을 주는 내내 오빠는 몇 번이고 큼큼 헛기침을 했다.

'오라버니도 긴장한 건가.'

꽁하니 맺혀 있던 마음이 스르륵 풀렸다. 그때 내 눈에 보자기 바닥에 깔려 있던 책 한 권이 보였다. 나는 노리개를 내던지고 책을 집어 들었다.

"오라버니, 이기 뭐나?"

"그거? 이야기책이다. 짐 쌀 때 섞였나 보네. 내가 가끔 애들한테 읽어 준다."

나는 책을 펼쳐 보았다. 손바닥만 한 책은 언문으로 쓰여 있었고 곳곳에 그림도 그려져 있었다. 나는 책이 너무나 가지고 싶었다. 이제까지 나는 이야기책을 본 적이 한 번도 없었다.

"오라버니, 이거 내 주면 안 되나?"

대송 오빠는 선선히 고개를 끄덕였다.

"그래라."

"오라버니, 고맙다!"

나는 엉덩이가 들썩일 정도로 기뻤다. 처음 가져 보는 이야기책이라니! 대송 오빠가 준 것이라 하면 집에서 대놓고 읽어도 아버지도 뭐라 하지 않을 것이다. 기뻐하는 내 모습을 보던 막송이가 슬그머니 노리개를 집어 들었다.

"두메 누나야, 니 노리개 맘에 안 들면 이거 아지 누나 주면 안 되나?"

"그래라."

막송이는 냉큼 노리개를 아지에게 달아 주며 히히 웃었다. 대송 오빠가 나를 빤히 보더니 물었다.

"두메, 니는 노리개보다 책이 좋나?"

"그럼!"

"읽을 수는 있나?"

"오라버니가 보내온 편지 내가 다 읽었다."

대송 오빠의 턱이 약간 아래로 내려갔다. 칼을 쓰다듬고 있던 석송 오빠가 불쑥 끼어들었다. 석송 오빠는 누가 나더러 머리 좋다고 칭찬할 때마다 우쭐해했다. 이렇게 머리 좋은 여동생을 가진 것은 백정촌에 자기뿐이라면서 말이다.

"두메, 얘가 머리가 엄청 좋다. 언문은 척척 읽고 천자문도 다 뗐다."

"……참말로?"

대송 오빠는 내 손에 든 책을 뚫어지라 보더니 갑자기 푹 고개를 숙였다.

"미안타."

우리는 모두 놀랐다. 아버지까지 뭐라 말을 못 하고 대송 오빠를 빤히 바라보았다. 대송 오빠는 한참이나 고개를 숙인 채 꼼짝도 하지 않았다. 혼자 양반이 되어 돌아온 것이 미안하다는 것인지, 혼자 마음껏 공부를 하는 것이 미안하다는 것인지. 어느 쪽이

든 나는 괜찮다고 말해야 할 터였다. 그러나 그 말은 쉬이 나오지 않았다. 나는 책만 꽉 끌어안았다.

바다를 본 적 있니?

★

✦

별 소년의 모험

겁쟁이 소년이 있었다. 마을 사람들은 모두 소년을 싫어했다.

"너는 항상 더러워!"

"너는 늘 냄새가 나!"

소년은 마을 언저리에서 쓰레기를 치우는 일을 했다. 마을 사람들은 모두 마을 밖에 쓰레기를 버렸는데 그 쓰레기가 쌓여 산이 되었다. 소년은 쓰레기 산을 파내어 치웠다. 겁쟁이 소년은 마법의 바구니를 가지고 있었고 그 바구니에 넣으면 무엇이든 훌떡 사라졌다.

"너는 천하고 못났어!"

"너는 평생 쓰레기만 치우며 살 거야!"

소년은 외로웠다. 소년의 집은 마을 밖에 있었다. 마을 사람들은 소년이 마을에 들어오면 화를 내었다. 소년은 늘 쓰레기 산 너머가 궁금했다. 그러나 소년은 집을 떠날 수 없었다.

"집을 떠났다가 나쁜 사람을 만나면 어떡해?"

"집을 떠났다가 큰 사고를 당하면 어떡해?"

마을 사람들이 소년에게 돌을 던지고, 욕을 해도 겁쟁이 소년은 참았다.

어느 날 저녁, 소년은 밤하늘에서 무언가 떨어지는 것을 봤다. 긴 빛의 꼬리가 쓰레기 산 어딘가에 박혔다. 소년은 바구니를 메고 집에서 뛰쳐나와 쓰레기 산으로 갔다. 빛이 떨어진 곳에 금색 돌이 빛나고 있었다.

"이건 별님이 분명해. 내 보물로 삼아야지."

소년은 돌을 소중하게 품 안에 넣었다. 돌이 가슴에 닿는 순간, 소년의 마음에서 용기가 솟아올랐다. 그동안의 겁과 망설임이 사라졌다. 소년은 쓰레기 산을 뛰어넘었다. 점점 마을에서 멀어졌다.

소년이 떠나고 하루도 채 지나지 않아 마을은 쓰레기 산에 파묻혔다. 마을 사람들은 뒤늦게 겁쟁이 소년이 얼마나 중요한 일을 해 왔는지 알았다. 그러나 이미 때는 늦었다.

소년은 훨훨 나는 듯이 달렸다. 마을 밖에는 색색의 꽃과 신기한

동물들, 다양하게 생긴 사람들이 잔뜩 있었다. 그들은 소년의 가슴에서 뿜어져 나오는 금빛을 보며 감탄했다.

"너는 가슴에 별을 품은 아이구나!"

"별을 가지면 바다를 건널 수 있지."

그래서 소년은 바다로 갔다. 넓고 푸른 바다 앞에 섰다. 처얼썩처얼썩, 파도가 소년을 집어삼킬 듯이 몰아쳤다.

"이것을 건너면 어디로 갈까?"

소년은 더 이상 망설이지 않았다. 소년은 파도 속으로 뛰어들었다. 소년이 메고 있던 바구니 속으로 성난 파도가 밀려왔다. 바구니는 파도를 빨아들였다. 소년은 드넓은 바다 위를 뛰었다. 아니, 날았다. 바다 건너 새로운 세상을 향해.

소년은 더 이상 겁쟁이가 아니었다. 별을 가슴에 품은 별 소년이었다.

"소년은 더 이상 겁쟁이가 아니었다. 별을 가슴에 품은 별 소년이었다."

내가 읽기를 마치자 간난이가 긴 숨을 내쉬었다. 간난이는 그때까지 숨도 쉬지 않고 내 이야기에 귀를 기울이고 있었다.

"완전 근사해. 니는 어찌 이런 것을 척척, 그것도 그리 재미지게 읽나."

나와 광대, 간난이는 소나무 아래 둥글게 모여 앉았다. 오름 아저씨의 집 근처 한천을 가로지르는 다리 바로 앞에 있는 소나무 아래가 우리의 놀이터다. 간난이는 가끔씩 노촌 사람들 몰래 다리를 건너왔고, 나와 광대가 소나무 아래 있으면 꼭 끼어들어 함께 놀았다.

노촌 아이지만 백정촌 아이인 나와 노는 걸 더 좋아하는 간난이. 내가 간난이와 친구가 된 것은 5년 전 아홉 살 때였다. 그때 간난이는 다리 옆에 쪼그려 앉아 무릎에 얼굴을 파묻고는 훌쩍훌쩍 울고 있었다. 치마 끝에 백정임을 뜻하는 검은 헝겊이 꿰매어져 있지 않았다. 노촌 아이가 일부러 다리를 건너와 울고 있는 것이 신기해서 간난이의 어깨를 툭 쳤다. 간난이는 흠칫 놀라며 고개를 들었는데 뺨이 벌겋게 부어올라 있었다. 나는 옆구리에 끼고 있던 바구니에서 으름을 꺼내 손으로 짓이겨 간난이의 뺨에 붙였다. 얼굴의 붓기를 빼는 데에는 그만한 게 없었다. 간난이의 뺨이 어쩌다 부었는지는 묻지 않아도 알 수 있었다.

나는 간난이 옆에 앉았고 간난이는 피하지 않았다. "많이 맞았나?" 간난이는 고개를 끄덕이곤 자기 바구니를 보여 주었다. "많이 못 따 왔다고." "줘 봐라." 나는 간난이의 바구니에 내 바구니의 나물을 절반 넘게 부었다. 간난이는 바구니를 가지고 다리를 건넜다.

그 뒤에도 간난이는 종종 다리 옆에 쪼그려 앉아 있었다. 간난이도 자신의 오빠와 다르게 '간난'이로만 불리는 서러움을 알고 있었기에 나와 간난이는 금세 친해졌다. 노촌 여자애의 삶도 백정촌 여자애의 삶과 그다지 다르지 않다는 것을 나는 간난이를 통해 알았다.

1년 뒤 다리 옆에 오름 아저씨가 집을 지으며 나와 광대가 친구가 되었고, 간난이도 광대와 친구가 되었다. 다리 옆 소나무는 나와 광대, 간난이 셋의 비밀 기지가 되었다. 간난이는 노촌 아이들과 있을 때면 나나 광대를 모른 척했다. 그건 어쩔 수 없었다. 간난이가 우리와 어울리는 것이 들키면 간난이의 뺨은 더 자주 부어오를 터였다. 그래도 간난이는 노촌 아이들이 광대를 괴롭힐 때면 어떻게든 내게 알려 주려고 애를 썼다.

"우리 오라버니가 경성에서는 신문에서 이런 이야기를 돈 주고 산다 하더라."

"대송 오라버니? 야아, 그 양반님이 진짜 니 오라바인가? 그러면 두메 니도 양반 되나."

"그런 거 아니다. 밖에서는 샘님이라 불러야 한다고 했다."

"와?"

나는 그 이상 대송 오빠에 대해 말하기 싫었다. 모든 사람들이 요 며칠간 대송 오빠의 이야기만 했다. 백정촌 사람들은 오빠가 마을에 오지 않는 것이 섭섭하다고 했다. 노촌에는 감히 백정이 양반 행세를 하는 것이 건방지다 화를 내는 사람들이 많다고 오름 아저씨가 전해 주었다.

오름 아저씨는 대송 오빠가 오고 난 후부터 오빠의 심복이라도 된 듯 철썩 달라붙어 있었다. 오빠는 무엇이 그리 바쁜지 아침 일찍부터 여러 사람을 만나고 다니다가 밤늦게야 숙소로 돌아간다고 했다. 그래서 나는 첫날 말고는 오빠를 만날 수가 없었다. 사람들이 내게 대송 오빠에 대해 물어도 대답할 수 있는 것은 거의 없었다.

"바다는 어떤 곳일 것 같나?"

다행히 간난이는 금세 흥미를 돌렸다.

"한천하고는 비교도 안 되게 크지 않겠나."

"광대, 니는 바다 본 적 있나?"

"있어."

"어떤데?"

"어…… 파랗고…… 하늘이 뒤집힌 것 같지."

광대의 말에 나와 간난이는 동시에 하늘을 올려다봤다. 아무리 봐도 바다가 어떤 생김새일지는 잘 상상이 되지 않았다. 계속 올려다보다 결국 목이 아파서 상상하는 걸 관두었다.

간난이는 내 손에서 이야기책을 가져가 한 장을 빤히 바라보았다. 별 소년이 바다를 가로지르는 삽화가 있는 마지막 장이었다. 간난이는 언문을 못 읽어서 그림이 더 좋다고 했다.

"바다를 건너면 완전히 다른 나라에 갈 수 있나?"

"있지 않을까. 간난이 니는 어떤 나라 가고 싶나?"

간난이는 오래 생각하지 않고 바로 말했다.

"아부지랑 오라버니 없는 나라. 광대 니는?"

"나는…… 별이 가는 데."

광대의 대답에 간난이는 샐쭉하게 눈을 흘겼다.

"니는 두메가 그렇게 좋나. 만날 두메 뒤만 따라댕기고. 그러니깐 어른들이 그라제."

"뭘 그라는데?"

"두메 니는 알면서 모른 척하는 기가?"

"진짜 모른다."

"어른들이 다 그런다. 니랑 광대랑 결혼할 기라고."

"미쳤나 봐."

나는 정색했다. 광대와 결혼이라니 생각도 안 해 본 일이었다. 나는 광대만이 아니라 누구와도 결혼하고 싶지 않았다. 결혼하면 어머니처럼 일도 안 하는 남편을 먹여 살리느라 온갖 고생을 해야 할 터였다. 아이들을 위해 노촌 사람들에게 걷어차이면서도 고기를 팔아야 하는 날들. 다리에 서서 보았던 어머니의 등이 눈앞에 아른거렸다.

"와? 다 큰 남녀 둘이 이리 붙어 다니면서. 광대 니는? 니는 두메랑 결혼하기 싫나?"

간난이는 집요했다. 나와 광대를 놀리는 게 퍽 재미있는 모양이었다.

"결혼하면 매일 계속 같이 있어?"

"그지."

"별이는 나랑 결혼하면 매일 웃어?"

"그건 모르지."

그러자 광대는 열없이 웃었다.

"나는 별이가 웃는 게 좋아."

"시답잖다."

광대의 대답에 간난이는 김이 빠진 듯 공중으로 흰 김을 내뿜었다. 3월이 되었지만 여전히 추워서 슬슬 뺨이 얼어붙을 것만 같았다. 나는 손바닥으로 양 뺨을 마구 문질렀다.

"집에 들어갈래? 곶감 있어. 질 떨어진다고 안 팔고 놔둔 거."

"가자. 간난이 니도 와 몇 개 갖고 가."

나는 몸을 일으키며 이야기책을 저고리 안 허리를 동여맨 치마 끈에 찔러 넣었다.

"그래도 되나? 오름 아재, 나 별로 안 좋아하는 것 같아서."

간난이는 머뭇거렸다. 오름 아저씨는 간난이를 싫어하는 게 아니다. 노촌 사람들을 싫어한다. 그중에서도 간난이의 아버지와 오빠를 싫어한다. 싫어할 수밖에 없다.

"아버지 없어. 들렀다 가."

광대의 말에 간난이는 몸을 일으켰다. 그때였다.

"야, 이 가시나야! 점심 때가 되었는데 어디를 싸돌아다니나 했더니."

고함 소리가 쩅, 차가운 공기를 깨듯 쏟아졌다. 간난이는 일어나던 채 굳었다. 나는 성난 모습으로 다리를 건너오는 남자 둘을 보았다. 간난이의 아버지인 김돌섬과 오빠인 김열섬이었다. 오름 아저씨가 간난이를 싫어할 수밖에 없는 이유였다.

김돌섬은 노촌에서 유일하게 성을 가진 양민이었고, 그것을 엄청난 자랑으로 내세웠다. 김돌섬은 원래 김씨 성을 가진 양반의 사노비였다. 돈을 모아 노비 신분에서 풀려났는데 그때 주인이었던 양반이 자신의 성을 사용해도 된다고 허락해 주었다. 김돌섬은 그것이, 주인 양반이 자신을 가까운 집안사람으로 끼워 준 것이라 여겼다.

김돌섬은 노촌에 와 자리 잡은 뒤로 그 사실을 공공연하게 떠들고 다니며 반쯤 양반인 듯 행세했다. 사람들이 싸우고 있으면 끼어들어서 중재를 하려 했고, 다 같이 수박을 잘라 나눠 먹을 때에도 자신이 제일 크고 맛있는 부분을 먹어야 한다고 주장했다. 노촌 사람들은 그런 김돌섬을 향해 양반 병이 걸렸다며 비웃었다.

그러나 마냥 그럴 수는 없었는데 김돌섬이 청년단의 회원이기 때문이었다.

3·1운동 이후 결성된 청년단은 마을 곳곳에 영향력을 행사하고 있었다. 그들은 자신들의 눈 밖에 난 사람들을 만세 운동에 참가했다든가, 일본 욕을 했다든가, 천황을 욕보였다든가, 독립운동가를 숨겨 주었다든가 등등의 이유를 붙여 경찰서에 신고했다. 청년단이 신고를 하면 그게 사실이든 아니든 순사가 잡아간다는 소문이 파다하게 퍼져 있었다. 잡혀갔다 나온 사람들은 심한 고문을 당해서 평생 절뚝발이로 살아야 할 정도로 몸이 상한다는 거였다.

김돌섬은 청년단 완장을 차고 거들먹거리며 마을을 걸어 다녔고 사람들은 그 위세에 눌렸다. 김돌섬이 진짜 청년단인지 의심하는 사람도 있었다. 청년단이 기세가 좋아지자 비슷한 단체들이 많이 생겨났던 것이다. 그중에는 단체 팻말만 걸어 놓았을 뿐 아예 활동하지 않거나 회원이 고작 두세 명인 유령 단체들도 있었다. "청년단이 얼마나 들어가기 힘든데, 돌섬 저자가 들어갔겠나?" 그렇지만 진짜 청년단이 맞는지 김돌섬에게 대놓고 물어볼 수 있는 사람은 없었다.

김돌섬보다 악질인 것은 그의 아들인 김열섬이었다. 올해로 열아홉 살인 김열섬은 김돌섬보다 더 양반 대접을 받으려 들었다. 특히 백정촌까지 찾아와 행패를 부려 대어 백정촌 사람들에게도 눈엣가시였다. 김열섭은 열대여섯 살 때부터 백정촌에 와서는 돈을 내놓으라고 소리를 질렀다. "마을 근처에 니들처럼 천한 것들을 살게 해 주었으면 돈을 내야지!" 하고.

억지스러운 말이었다. 대부분의 마을이 주변에 백정이 사는 것을 꺼리는 건 맞았다. 그러나 노촌과 백정촌은 그 관계가 다른 곳과 다르게 약간 특이했다. 노인들 말로는 노촌도 원래 백정촌이었다. 모두가 백정이었다는 것이다. 그것은 꽤 신빙성 있는 이야기였는데 읍에 위치한 다른 마을들과 달리 노촌은 유독 산 쪽으로 덩그러니 떨어져 있었다. 다른 마을에서 예천읍사무소까지 걸어서 한 시간이면 되는 것이, 노촌은 걸어서 두 시간 넘게 걸렸으니 말다 했다.

조선시대 후기, 병자호란이며 여러 난이 일어나고 일본과 청나라가 나라를 집어삼키려 쳐들어왔을 때 백정촌에서도 의병이 일어났다. 몇몇은 양반이 이끄는 의병대에 들어갔고, 몇몇은 자발적으로 모여 의병단을 조직했다. 나라를 위해 싸운 사람도 있었고, 보잘것없는 삶의 터전을 지키기 위해 싸운 사람도 있었다. 제각기 이유와 방법은 달랐어도 그들은 필사적으로 싸웠다. 싸울 수밖에 없었다. 싸우다가 죽거나 일방적으로 도살을 당하거나. 선택지가 단둘뿐이었으니깐.

모두가 싸웠지만 싸움의 막이 내린 후의 결과는 달랐다. 양반 아래에서 활동한 백정들만이 그 공로를 인정받았다. 그들은 상으로 양민이 되었다. 거기에 외지에서 흘러온 스스로 양민이라 주장하는 자들이 자연스럽게 섞여 들었다. 천민에서 벗어나 양민이 된 자들은 서로가 백정임을 너무나 잘 아는 이웃보다 생전 처음 보는 자들과 함께하기를 원했다.

양민이 된 자들. 그들은 백정으로 남은 이들을 마을에서 내쫓았다. 그래도 함께해 온 인정이 있으니 근처에 다른 마을을 만드는 것은 눈감아 주겠다고 생색을 내었다. 백정촌은 노촌이 되었고 산에 더 가까운 안쪽에 새로운 백정촌이 세워졌다. 쫓겨난 자들은 묵묵히 얼기설기 집을 지었다. 그들은 양민이 된 이웃을 원망할 수 없었다. 자신들이라면 그들처럼 행동하지 않았으리라 장담할 수 없었기에.

여기까지가 백정촌 노인들의 이야기다. 노촌 노인들은 이 이야기가 순 엉터리라고, 백정촌 늙은이들이 망령이 들어 헛소리를 한다고 했다. 백정촌 노인들은 노촌에 가도 허리를 굽히지 않았고, 노촌 노인들은 감히 천것들이 예를 지키지 않는다며 몽둥이를 휘둘렀다. 내가 아주 어릴 적에나 볼 수 있었던 풍경이다. 이제 그 노인들은 대부분 세상을 떠났다.

백정촌 노인들의 이야기가 사실이 아니더라도 백정촌 사람들이 관아도 아닌 김열섬에게 돈을 내야 할 이유는 없었다. 그러나 행패를 부리는 김열섬을 막을 방법도 없어서 김열섬이 올 때마다 쩔쩔매며 머리를 조아려야만 했다. 김열섬은 "양반님, 소인들을 용서해 주시어라"라는 말을 들어야만 행패 부리는 것을 그만두었다.

나는 김열섬이 정말 싫었다. 김열섬이 유독 우리 집에 와서 행패를 부릴 때가 많아서였다. 김열섬에게 '양반님' 소리를 가장 많이 해야 했던 건 우리 아버지였다. 대송 오빠가 진주로 떠나고 난 뒤로는 거의 매일 그래야 했다. 김열섬이 대송 오빠를 질투해 그러는 것이 분명했다.

김열섬의 횡포가 끝난 것은 4년 전, 오름 아저씨가 오고 나서였다. 김돌섬은 오름 아저씨가 집을 지을 때 가장 심하게 반대했다. 백정이 백정촌 안에 집을 지어야지 어디 밖으로 나오냐고. 청년단에 당장 보고하겠다며 으름장을 놓았다. 그러나 그 기세는 오래가지 못했다. 청년단이 오름 아저씨의 편을 들었으니깐. 김돌섬은 본능적으로 알았다. 오름 아저씨를 건드려서는 안 된다는 것을.

김열섬이 우리 집에 와 행패를 부리고 있을 때 오름 아저씨가 왔고, 오름 아저씨는 김열섬에게 말했다. "점잖은 젊은이가 이러면 안 되지. 험한 꼴 보기 전에 안 오는 게 좋지 않겠어?"라고. 김열섬은 길길이 날뛰며 집으로 돌아갔고, 다음 날부터 백정촌에 얼씬도 하지 않았다.

"내 천한 것들하고 놀지 말라 했나, 안 했나!"

김돌섬은 다리를 건너자마자 간난이의 머리채를 낚아 쥐었다. 김열섬은 나와 광대를 노려보았다. 김돌섬은 간난이를 짐짝처럼 질질 끌고 갔다. 나는 공중을 허우적거리는 간난이의 두 손에서 눈을 뗄 수 없었다. 그러나 간난이를 부를 순 없었다. 그랬다가는 간난이가 더 맞을 수도 있었다. 김돌섬이 아들인 김열섬을 애지중지하는 것과 달리 딸인 간난이를 마구 대한다는 것은 노촌이고 백정촌이고 다 알려진 일이었다. 특히나 간난이가 백정과 말 한마디라도 섞으면 비 오는 날 먼지가 일어날 정도로 때린다는 거였다.

"니, 건방 떨지 마라."

김열섬은 내게 퉤, 침을 뱉고 다리 건너로 사라졌다. 나는 치맛자락을 움켜쥐고 소나무 아래 주저앉았다. 얼어붙은 땅에 놓인 말라비틀어진 나뭇가지를 노려보았다.

"울어?"

광대가 내 옆에 슬그머니 앉으며 물었다.

"안 운다. 이깟 걸로 울면 만날 울기만 하게."

여자들은 언제나 맞았다. 노촌 여자들도 맞았고, 백정촌 여자들은 더 맞았다. 백정촌 여자들은 순사에게 맞고, 노촌 남자들에게 맞고, 노촌 여자들에게도 맞고, 도사 책임자에게도 맞고, 자기 남편에게도 맞았다. 그래서 나는 어릴 때부터 언제나 맞는 여자들을 보고 자랐다.

백정촌 여자들은 맞아도 잘 울지 않았다. 맞는 것을 끝내고자 우는 척 목소리 높여 곡을 하는 적은 있어도 진짜 눈물을 흘리는 일은 많지 않았다. 그들은 너무 많이 맞아서, 억울한 일이 너무 많아서 오히려 우는 법을 잊어버렸다. 우는 법을 잊어야 살 수 있었다. 그렇지 않으면 내내 눈이 퉁퉁 부어 무엇도 할 수 없을 것이다.

"그럼…… 분해?"

광대가 또 물었다. 나는 움켜쥔 치맛자락을 손안에서 꽉 비틀었다. 고개를 번쩍 들어 하늘을 봤다.

분하냐고? 그래, 분했다.

"광대야, 나는 언젠가 꼭 바다에 갈 거다."

흰 입김이 피어올랐다. 파도의 거품이란 저런 것일까 싶었다.

"바다에 가면…… 건널 거야?"

"건너야지."

"다른 나라에 가게 될 텐데도?"

"다른 나라에 가고 싶은 거다."

광대의 입에서도 하얀 입김이 새어 나왔다. 내가 뿜어낸 입김을 뒤따라오듯 이어졌지만 결국 따로따로 흩어져 버렸다.

"어떤 나라에 가고 싶은데?"

광대의 말에 나는 곰곰이 생각에 잠겼다.

'어떤 나라에 가고 싶나. 내는 어떤 나라에…….'

누구도 억울하게 맞지 않는 나라. 맞으면 발버둥 치고 맞설 수 있는 나라. 아니다. 그보다, 그것보다 더 가고 싶은 나라는……. 울고 싶은 사람이 마음껏 울 수 있는 그런 나라.

"모르겠다."

광대에게 말하고 싶지 않아서 얼버무렸다. 광대는 모를 것이다. 오름 아저씨의 집에서 10여 분도 떨어져 있지 않은 백정촌에서 누군가는 매일 맞고 지낸다는 것을 말이다.

'오름 아재도 자기 안사람을 때렸을까.'

나는 문득 궁금해졌다. 이렇게 아들을 예뻐하는데 자기 아내를 때렸을까. 광대의 어머니는 진짜로 매독에 걸린 일본 여자였을까. 아니라면 광대의 어머니는 어디에 있을까. 살았을까, 죽었을까. 어떻게 죽었을까. 오름 아저씨는 한 번도 아내에 대해 이야기하지 않았다. 광대도 마찬가지였다. 나와 알고 지낸 지가 4년이니 한 번쯤은 우리 엄마는, 하고 말을 꺼낼 만도 한데 그랬다. 나는 광대의 옆얼굴을 빤히 바라보았다. 광대가 내 쪽으로 고개를 돌렸다. 눈이 마주쳤다.

"어디든 나 두고 혼자서는 가지 마."

광대는 웃음기 없는 얼굴로 주저주저하다 말했다. 그 얼굴이었다. 하늘을 노려보고 있던 낯선 광대의 얼굴. 나는 슬그머니 눈을 돌렸다.

"니가 쫓아오면 되지."

광대가 나를 쫓아오는 일이 있을까. 말하면서도 가슴이 답답했다. 백정은 정해진 구역을 함부로 벗어날 수 없다. 신분제가 철폐된 이후에도 그것은 암묵적인 규칙이었다. 그 규칙이 아니래도 내가 백정촌을 벗어날 일이 있을까 싶었다. 몸을 웅크리니 치마 허리끈 틈에 찔러 넣어 둔 이야기책이 내 명치를 딱딱하게 눌렀다.

별을 가지게 되면, 별 소녀가 되어 가슴에 별을 품을 수 있게 되면 얼마나 좋을까. 그럼 나도 바다를 뛰어 건널 수 있을 것이다.

고기 팔러 간 날

✽

✦

대송 오빠가 오름 아저씨 집으로 숙소를 옮겼다. 김열섬 때문이었다. 김열섬이 대송 오빠가 묵고 있는 읍까지 찾아가서는 회관에 돌을 던지며 난동을 부렸다는 거였다. "양반인 척하는 백정 새끼가 여기 있소!"라고 고래고래 소리를 지르며 회관에서 사람이 나오든 말든 계속 돌을 던졌다는 거였다. 결국 김열섬은 경찰서에 잡혀갔다 나왔지만 또 그러지 않으리란 보장이 없었다.

"일행에게까지 해코지할까 봐 그게 무섭디."

대송 오빠는 쪽방에 짐을 풀며 씁쓸한 듯 중얼거렸다.

"똥이 더러워 피하지 무서워서 피하나. 걱정 말고 지내시오."

오름 아저씨는 대송 오빠가 집에 온 것을 썩 반기는 눈치였다.

나도 좋았다. 오빠가 예천읍에 있으면 얼굴 보기 어려운데 오름 아저씨의 집이야 오가기 쉬우니깐. 나는 오빠의 보따리 속에서 옷을 꺼내 개키었다. 옷 아래 반듯하게 접힌 얇은 종이가 있었다. 나는 종이를 집어 들고 펼쳤다. 안에는 깃발을 든 남자의 그림이 그려져 있었고, 이야기책보다 훨씬 작은 글씨가 빽빽하게 쓰여 있었다. 한자도 섞여 있고 어려운 단어도 많아서 단번에 읽을 수가 없었다. 나는 종이를 눈앞에 바짝 가져다 대고 노려보았다.

"김열섬 그이는 운동에 반대합니까?"

"그건 아닐 것이오. 그저 안이 뒤틀려 그런 것이지."

"이나저나 양반네들이 길길이 뛰는 것이야 그렇다 해도, 같이 핍박받는 양민들이 더 심하게 구는 것이……. 어찌해야 그들이 양민이고 백정이고 다 같이 계몽되어야 함을 깨달을 수 있을지 걱정입니다."

대송 오빠와 오름 아저씨가 나누는 대화를 흘려들으며 나는 종이 읽기에 집중했다.

'공평……은 사회의 근본……이고 사랑은 인간의 본……성이다.'

고로 우리는 계급을 타파하고 모욕적인 칭호를 폐지하며, 교육을 장려하고 우리도 참다운 인간으로 되고자 함이 우리의 취지이다, 까지 읽었다. 한 문장을 다 읽고 나서야 그림 속 깃발에 커다란 글씨가 있다는 것을 알았다.

"형평."

깃발의 글씨는 단번에 읽혔다. 내 입이 떡 벌어졌다. 나는 벌떡 일어나 대송 오빠를 돌아봤다.

"오라버니! 형평운동을 하나?"

"응? 그치."

"와 말을 안 했나! 이야, 그렇구나. 오라버니가 형평운동을…….오라버니, 그럼 이제 여기두 강습소 생기나? 내도 보통학교 갈 수 있기 되나? 그기는, 그 형평운동을 하는 사람들은 원래 뭐를 하던 사람들이고? 몇 살부터 들어가나? 가시나도 있나?"

"야, 니 숨넘어가겠다."

얼굴이 뜨거웠다. 대송 오빠가 형평사 사람이라니. 진주는 형평운동이 시작된 곳이다. 대송 오빠가 진주에서 예천까지 왔다는 것이 무엇이 바뀔 것이라는 신호처럼 여겨졌다. 내 몸 안에서 작은 불꽃이 마구 터지는 것만 같았다.

"두메, 니 형평운동에 관심이 많네."

"암매!"

"나도 궁금하긴 하오. 신흥 청년회가 합류한다는 말도 있던데 그건 무엇이오?"

나와 오름 아저씨가 동시에 질문을 퍼붓자 대송 오빠는 자세를 고쳐 앉았다. 내게도 앉으라고 손짓을 했다.

"신흥 청년회가 합류하는 것은 맞습니다. 그거하고 예천의 다른 단체에게도 협력을 구하려고 저희가 진주에서 온 거지요. 7, 8월 쯤에 큰 대회를 열어 가지고 예천의 형평운동을 살려 볼라 캅니다. 근디 단체끼리 힘을 방치는 것이 쉽지가 않아가. 참, 다들 잘 살아 보자는 마음은 같은데 그 이익이 뭐라고 다 흩어져서 뭔 짓인가 싶네요."

"신흥 청년회면 안동에서 시작된 그것이오?"

"야. 전국에 지부도 여럿인데 예천은 안동의 힘을 빌려야지요. 안동에는 이미 소년단도 조직되어 있고, 노동 야학도 설치하고 아주 활동이 좋습니다. 아들 교육을 중히 한다는 점에서 형평회와 지향하는 바가 참으로 비슷하지요."

"그럼 빨리 시작하면 될 일 아니오? 왜 8월까지?"

"그쪽이 양민을 대상으로 시작된 것이라 우리와 함께 가기를 저어하는 회원들이 있어가······. 진주하고 안동 양반님들 중에 뜻있는 분들이 다리가 되어 가지고 힘써 주시고 있지요."

"그놈의 양민 타령."

오름 아저씨는 말을 짓이기듯 뱉어 냈다.

"솔직히 말해 주시오. 형평운동이 진행되어도, 누구나 학교에 갈 수 있게 되어도, 사람들 인식이 그렇게 쉽게 변할 것 같소? 애들이 학교를 제대로 졸업할 수 있게 된다 보시오? 배운 아이들이 백정의 삶이 아닌 다른 인생을 살 수 있다 보시오?"

"……될 수 있게 힘써야지요."

대송 오빠의 목소리는 썩 밝지 않았다. 내가 했던 질문도 싹 다 잊어버린 듯했다. 나는 '형평'이란 글씨가 쓰인 종이를 만지작거렸다. 깃발을 들고 있는 사람은 남자였다. 진주에서 내려온 오빠의 일행도 다 남자일 것만 같았고, 형평운동이 잘되어도 학교에 갈 수 있는 것도 남자애들뿐일 것만 같았다. 보통학교 앞을 서성이면 남자애들이 스무 명쯤 교문을 나올 때에 여자애는 한 명 나올까 말까였으니깐. 양민 여자애들도 잘 못 가는 학교에 백정 여자애를 들여보내 줄까 싶었다.

'이건 나와 관계없는 것인가.'

형평. 그 두 글자가 갑자기 낯설게 읽혔다.

*

4월 중순을 넘기고 5월이 가까워지자 흑응산은 옷을 갈아입었다. 군데군데 피었던 봄꽃이 어느덧 완전히 산을 덮었다. 먹을 것이 많아졌다는 뜻이다. 아이들은 진달래의 꿀을 쭉쭉 빨고 꽃잎을 씹으며 산을 누볐다. 노촌 아이들과 마주치는 일이 많아졌고 싸움도 늘어났다. 그래도 겨울의 싸움만큼 그저 거칠지만은 않았다. 그래서 나는 봄이, 5월이 좋았다.

하지만 우리 집 분위기는 썩 좋지 않았다. 어머니가 감기에 걸린 탓이었다. 겨울 끝 무렵부터 시작된 어머니의 기침은 봄이 찾아온 후에도 영 나아지지 않고 점점 심해져만 갔다. 그러다 결국 어머니는 자리에 눕고야 말았다.

"고기 팔러 가야 하는데."

어머니는 끙끙 앓으면서도 계속 고기 파는 걱정을 했다. 일정 기간 동안 도사에 고기를 받으러 가지 않으면 앞으로 일을 주지 않을지도 모른다는 거였다. 결국 석송 오빠가 고기를 받아 오고 내가 팔러 가기로 했다. 내가 받으러 가도 된다고 했지만 어머니는 안 된다고 고집을 부렸다. 어머니는 내가 도사 주변을 얼쩡거리는 것이 싫다고 했다. 가시나가 피 냄새 강한 곳에 가면은 팔자가 세진다는 게 이유였다.

"고기 받아 왔다."

석송 오빠가 돌아왔을 때 나와 아지는 두릅을 다듬고 있었다. 바구니 한쪽에는 진달래가 소담하게 담겨 있었다. 아지는 진달래를 너무 좋아해서 나물을 캐라고 아무리 말을 해도 꽃만 따며 다녔다. 석송 오빠의 뒤에서 터덜터덜 걸어오던 막송이는 꽃을 보자 신이 나서는 주워 들고 아지의 머리에 꽂으며 놀기 시작했다. 아지는 방해야, 라고 하면서도 썩 싫지만은 않은 듯 막송이가 머리

만지는 것을 막지는 않았다.

"막송이 와 힘이 없나."

"아부지한테 혼나서 저런다. 도사 일 하기 싫다고 해서."

막송이는 열 살이 되고부터 도사에서 일을 배우기 시작했다. 도사를 청소하고 잔심부름을 1년쯤 하면 칼 가는 법과 도구 손질하는 법을 배운다고 했다. 막송이는 도사에서 일하는 것을 무척 싫어했고 아버지는 그런 막송이에게 호통을 쳤다. 백정 새끼가 도사를 싫어하면 뭘 먹고 살려고 하냐고. 아버지는 결국 직접 막송이를 도사로 끌고 나갔다. 아버지가 도사에 가지 않을 때면 그 역할은 석송 오빠의 것이 되었다.

"일 못하나?"

"심부름이야 괜찮게 한다. 해사한 애가 발발발 다니니깐 아재들도 귀여워라 하고."

"근데 와?"

"그게 문제다. 지금이야 심부름이니깐 괜찮아도 쇠붙이 다루기 시작하면 사고 난다. 막송이도 그쯤은 알 텐데 지가 칼 다루고 싶지 않으니깐 설렁설렁……. 아부지도 그거를 알면서도 억지로 가르치려고 하니깐 문제다."

석송 오빠는 끌끌 혀를 찼다. 그때까지 아지의 머리카락만 만지고 있던 막송이가 아지의 무릎을 베고는 털썩 드러누웠다.

“누나야, 내는 도사 싫다.”

“야, 니 인제 아가 아니다. 어리광 핌 안 돼.”

석송 오빠가 찰싹, 막송이의 정수리를 때렸다. 아지가 황급히 막송이의 머리통을 손바닥으로 감쌌다.

“와 아를 때리나.”

“니가 싸고도니깐 아가 계속 이러지.”

막송이는 못 들은 척 더욱 아지에게 철썩 달라붙을 뿐이었다.

“누나야, 같이 꽃 따러 가자.”

“그라고 싶은데 내는 언니야랑 마을에 고기 팔러 가야 된다.”

“그거를 왜 누나야가 가나!”

막송이는 벌떡 일어나 앉아서는 화가 잔뜩 난 표정으로 아지를 노려보았다.

“그럼 언니야 혼자 가나.”

“누나야는 가지 마. 가면 또 그 아재가 귀찮게 굴 것 아니가.”

“그 아재?”

내가 되묻자 아지는 슬쩍 고개를 내리 깔았다. 나는 모르는 무언가를 막송이가 알고 있는 것이 분명했다. 아지가 가지 않겠다는 대답을 하지 않자, 막송이는 심통이 난 채 집 밖으로 뛰쳐나갔다. 아지는 묵묵히 쑥을 다듬다가 한참 후 입을 열었다.

“오라버니, 막송이는 꼭 백정이 되어야 하나?”

석송 오빠는 바구니에서 진달래 하나를 집어 입에 넣었다.

"니나 나나 우린 다 이미 백정이여. 도사 일 안 하면 저 탄광이나 가야지. 화전민이나 되거나. 근데 그기는 도사보다 더 험해. 백정한테는 품도 안 주고 소작도 안 주는데 어쩌겠어."

아지는 다시 고개를 푹 숙였다. 한동안 쑥 다듬는 소리만 사각사각 이어졌다. 나는 석송 오빠가 내려놓은 바구니 옆에 놓인 칼을 봤다. 대송 오빠가 사다 준 칼을 석송 오빠는 애지중지 가지고 다녔다.

"오라버니는 도사 일 싫지 않나?"

진달래를 질겅질겅 씹던 석송 오빠의 입이 멈췄다. 한 번도 그런 질문을 받아 본 적이 없어서 어떤 대답을 해야 할지 모르겠다는 눈치였다. 석송 오빠는 퉤, 하고 곤죽이 된 꽃을 바닥에 뱉었다.

"내는 도사 일은 안 싫어. 도사에 온 짐승들을 보면 다 어찌 그리 눈들이 이쁜지 몰라. 실력 없는 것들이 잡으면 짐승들이 편히 못 갈 거 아닌가. 누군가 해야 할 일이면 차라리 내가 하고 싶다. 제일 솜씨가 좋아져서 선한 것들 선하게 잘 보내 주고 싶어야."

쑥을 다듬던 아지의 손이 멈췄다. 아지는 여전히 고개를 숙인 채 중얼거렸다.

"내는…… 백정인 거 싫다."

내 손도 멈췄다. 석송 오빠는 막송이가 뛰쳐나간 문만 멀거니 바라보았다.

"내도 백정인 건 싫어야."

석송 오빠는 한참 뒤에 그렇게 말했다. 오빠의 몸에서는 가라앉은 피 냄새와 진달래 냄새가 뒤섞여 났다. 나는 쑥을 내려놓고 고기가 든 바구니를 집었다.

"고기 팔고 올게."

그때까지 방 안에서 기침도 않고 가만히 누워만 있던 어머니가 문 너머로 외쳤다.

"마을 아줌마들하고 같이 가, 꼭!"

나와 아지는 집을 나섰다. 동네 아줌마들 서너 명과 어울려 산길을 걸어 내려왔다. 산길에는 진달래가 잔뜩 피어 있었다. 석송 오빠에게서 나던 냄새는 다리를 건너고도 계속 나를 뒤따라왔다. 아지는 걸음이 느려 몇 번이나 뒤쳐졌는데 무엇인가를 찾는 듯 주변을 두리번거렸다.

노촌 입구에서 마을 아줌마들은 멈춰 섰다.

"두메하고 아지, 니들은 니들끼리 가거라."

"와요? 어무이가 아줌마들하고 같이 다니라고 했는데."

"두메 니만 데리고 다니라면 뭐 그렇게 해도 좋은데, 아지는…… 어려도 가시나는 가시나인 것이지. 우리도 고기 팔아야 되지 않겠니?"

"야?"

"가시나 얼굴이 너무 이뻐서는."

아줌마들은 아지의 뺨을 쓰다듬고는 우리에게 등을 돌리고 노촌 안으로 들어갔다. 아줌마들의 허리는 어머니의 것처럼 숙여졌고 그래서 나는 아줌마들을 부를 수가 없었다. 나는 아지의 손을 잡았다.

"가자."

아지는 내 손을 꽉 마주 잡았다. 노촌 입구로 들어서면서 나는 고개를 숙이지 않았다. 허리도 꼿꼿이 세운 채 마을로 들어갔다. 고기를 팔려면 어떻게 해야 되는지 영 알 수가 없었다. 그래서 일단 마을을 한 바퀴 돌아보기로 했다. 다닥다닥 붙은 초가집 사이사이를 기웃거리는데 느닷없이 내 발아래 구정물이 쫙 끼얹어졌다. 험상궂게 얼굴을 찌푸린 여자가 초가집의 낮은 담장 너머에서 뿌린 것이었다.

"뭐 하나!"

나는 꽥 소리를 질렀다. 그러자 여자가 손에 바가지를 든 채 뛰어나왔다.

"야, 어디 백정 년이 고개를 빳빳이 들고 다니나! 사람들, 좀 나와 보시란게. 이것들이 치마에 검정 물도 안 들였네!"

여자는 침을 튀기며 소리를 질렀고, 마을 사람들이 한두 명씩 집에서 나왔다. 그들은 나와 아지를 둘러싸듯 섰다. 둥그런 사람들의 벽이 나와 아지를 가두었다.

"니는 백정 가시나여. 건방 떨지 마라."

여자가 손을 휘둘렀다. 순간 두 팔로 얼굴을 막았다. 내 머리 위로 구정물이 쏟아졌다. 젖은 머리카락이 이마와 뺨에 달라붙었다. 구린내가 코끝을 찔렀다.

"언니야."

내 등 뒤에 선 아지가 울먹이며 나를 불렀다.

"어허, 사람들. 아들 데리고 뭐 하나."

벽이 뚫렸다. 보살님처럼 나타난 사람은 김돌섬이었다. 김돌섬이 왜 내 편을 들어 주는 것인가 싶었다. 김돌섬은 내 등 뒤로 손을 뻗더니 아지의 어깨를 덥석 잡았다.

"이리 오거라."

아지가 내 허리를 붙잡았다. 나는 김돌섬의 손을 철썩 쳤다.

"놔라!"

"이 가시나가 도와줘도 고마운 줄을 모르고."

김돌섬은 혀를 차며 뒤돌아섰다. 나는 아지의 손을 잡고 뚫린 벽 밖으로 나왔다. 벽을 만들었던 어른들의 얼굴을 한 명씩 들여다보았다.

"야, 고개 숙이라!"

"내, 절대 안 잊을 거다."

나는 이를 악물고 한 마디, 한 마디를 뱉어 냈다.

"무얼?"

"저승 갈 때까지 기억할 거다. 염라대왕 앞에 가서 말하고말고. 어린아를 괴롭힌 어른들을 고발하겠습니다, 할 거다. 두고 봐라."

"하이고. 안 무섭다, 가시나야. 백정은 천해 가지고 염라대왕 보지도 못한다!"

"보나 못 보나 두고 보자!"

나는 두 손을 움켜쥐고 소리를 질렀다. 여자가 움찔, 한 발 뒤로 물러섰다. 나는 아지의 손을 붙잡고 뒤돌아섰다.

"하이고. 저 가시나 눈에 독기 봐라. 저기, 일낼 가시나여. 내 뭐랬나. 백정촌을 싹 다 밀어 버려야 한다 했지!"

등 뒤에서 날아오는 여자의 고함 소리에 떠밀리듯 걸었다. 마을의 좁은 길로 숨어들었다. 나는 두 눈을 부릅뜨고 최대한 빨리 걸었다. 걷는데 집중하지 않으면 눈물이 나올 것 같아서 걷고 또 걸었다. 주변의 집이나 사람들이 회색 유령처럼 희뿌옇게 흔들려 보였다.

"언니야, 좀만 천천히."

뒤에서 아지가 멈춰 섰고 나도 그제야 멈췄다. 아지가 제자리에 쪼그려 앉았다. 아지는 고기 바구니를 들고 있었다. 그제야 내가 바구니를 떨어뜨렸다는 것을 알았다.

"언니야, 괜찮나?"

"괜찮다."

나는 바구니 안을 살펴봤다. 바구니를 떨어뜨렸을 때 묻은 듯 고기에 흙이 달라붙어 있었다. 이래서는 못 팔 거였다. 치솟던 화가 슬며시 가라앉고 걱정이 솟아올랐다.

'이거 못 팔면 우리 또 죽만 먹어야 안 하나.'

어머니에게 고기 팔아 오겠다고 당당히 말했는데 완전히 망쳤다. 나도 아지 옆에 쭈그려 앉았다. 한참이나 나란히 골목 구석에 앉아 있는데 아지가 벌떡 일어났다.

"언니야, 저기 오라버니!"

아지의 손끝이 향하는 곳을 바라보았다. 대송 오빠가 서너 명의 사람들과 함께 서 있었다. 대송 오빠는 말쑥한 서양 옷을 입고 있었다. 함께 있는 사람들도 두루마기와 양복 차림이었다. 내 머리에서는 시큼한 물이 뚝뚝 떨어져 내렸다.

"아지야, 가자."

"어디를? 오라버니한테 인사 안 하나?"

"오라버니는 지금 바쁘다."

구정물에 젖은 생쥐 꼴로 대송 오빠를 마주치고 싶지 않았다. 대송 오빠를 '신 샘님'이라고 부르고 싶지도 않았다. 나는 바구니를 품에 안고 아지의 손을 잡아끌었다. 마을을 나왔다. 품에 든 고기 바구니가 마냥 무거웠다.

"오름 아재네 가서 머리 닦고 가자."

나는 다리를 건넜다. 하지만 오름 아저씨의 집 앞에는 무척 화려한 가마가 서 있었다. 양반님이나 탈 만한 그런 것이었다. 아저씨의 집 대문은 꽉 닫혀 있었다. 나는 문 앞을 기웃거리다가 결국 뒤돌아섰다.

어머니는 홀딱 젖은 내 꼴을 보더니 흙이 묻은 고기에 대해 아무 말도 하지 않았다.

안경과 그림

✿

✦

곽 훈장의 수업을 듣고 나오는데 오름 아저씨의 집 앞에 가마가 멈춰 섰다. 오름 아저씨는 허둥지둥 신발을 꿰어 신으며 내게 손짓을 했다.

"두메야, 뒷문으로 나가라. 그리고 광대 저 녀석한테 집에 꼭 있으라고 좀 해라."

"야, 알았어요."

나는 뒷문으로 아저씨의 집을 빠져나왔다. 그러고는 소나무 뒤에 숨어서 가마에서 내리는 사람을 봤다. 멋있는 양복을 입은 남자 한 명이 먼저 내렸다. 오름 아저씨와 비슷한 나이인 듯했다. 남자의 뒤를 이어 내린 건 여자아이였다. 열일고여덟 살쯤 되어 보이는 여자아이는 화려한 기모노를 입고 있었다. 머리에는 검고 동그란 모자를 쓰고 있었는데, 모자에는 봄꽃을 닮은 장식구가 달려 있어 멀리서 봐도 화사하니 예뻤다.

"진짜 일본 가시나네……."

나는 오름 아저씨가 허리를 굽실거리며 남자와 여자아이를 집 안으로 안내하는 것을 보았다.

"나, 저 사람 싫어."

내 머리 위에서 중얼거리는 목소리에 화들짝 놀라 뒤돌아봤다. 언제 집에서 나왔는지 광대가 소나무 둥치에 기대 서 있었다.

"니 왜 나왔나. 들어가라. 아재가 니 집에 있으라고 안 했나."

"들어가기 싫어."

광대가 무엇을 싫다고 말하는 것은 처음이었다.

"진짜가? 아재가 니 일본 가시나랑 결혼시키려 한다는 거."

"……."

광대는 대답하지 않았다. 뒷문으로 아저씨가 헐레벌떡 뛰어나왔다. 아저씨는 광대의 등을 한 대 철썩 내려치고는 끌고 들어갔다. 오름 아저씨가 광대를 일본 여자와 결혼시키려 한다. 온 마을에 파다하게 퍼진 소문이었다.

*

"두메, 니는 광대가 일본 가시나랑 결혼해도 아무렇지도 않나?"

간난이는 내게 돈을 건네주며 소곤거렸다. 어머니 대신에 고기를 팔러 노촌에 온 지 세 번째였다. 나는 두 번째부터는 아지를 데려오지 않았고, 마을 아줌마들과 함께 돌 수 있었다. "고개 꼭 숙여야 한데이." 아줌마들의 충고에 나는 잠자코 고개를 끄덕였다. 내게 행패를 부렸던 마을 사람들은 내 옆을 지나가며 침을 뱉었지만 그 이상의 해코지를 하지는 않았다. 세 번째부터는 나 혼자서도 마을 도는 법을 터득했다. 하지만 고기를 사 주는 사람은 간난이뿐이었다.

"내가 와?"

"마을 사람들이 수군거린다. 다 니랑 광대가 결혼한다고 여겼으니깐."

"와들 그래, 진짜."

"야, 광대가 다 큰 사내인데. 암만 바보래도 사내가 가시나 하나를 졸졸 쫓아다니면 당연히 소문이 돌지. 니 진짜 광대한테 마음 없으면 너무 붙어 다니지는 마라. 니도 내도 인제 열넷인데."

간난이 말에 나는 흥 코웃음을 쳤다. 간난이네 집 낮은 담장 밖으로 노촌 아저씨 한 명이 고개를 불쑥 내밀었다.

"야아, 간난이 니! 고기를 사도 그딴 것에게 사!"

낯선 아저씨의 고개는 버럭 고함을 지르고는 유유히 담장 아래로 사라졌다. 간난이의 어깨가 움츠러들었다. 나는 바닥에서 돌멩이를 집어 담장 너머로 집어 던졌다.

"하지 마라. 니 또 미운털 박힌다."

"진짜 와들 저래. 와 날 못 잡아먹어 안달인데."

"대송 오라버니 오고부터 마을 분위기 안 좋은 거 니 모르지. 아재들이 그런다. 불안하다고."

"무엇이 불안해?"

"백정이 양민 되는 것이."

"그게 왜? 지들한테 무엇이 나쁘다고."

간난이는 고개를 갸웃거렸다.

"글씨 내도 그것은 통 모르겠어."

"웃긴다. 백정이 양민 되면 양민 밥 뺏어 먹나."

"조선이 무너진다던데. 나라님은 나라님이고, 양반은 양반이고, 백정은 백정이어야 한대."

말을 하던 간난이의 얼굴이 눈에 띄게 굳었다. 담장 너머에서 김열섬의 목소리가 들려왔다. 나와 함께 있는 걸 들키면 간난이는 또 혼이 날 터였다. 나는 재빨리 간난이의 집을 나왔다. 골목 끝에서 걸어오는 김열섬이 보였다. 나는 몸을 돌려서 잰걸음으로 골목을 빠져나왔다.

'조선이 무너진다고? 진짜로?'

백정이 양민이 된다고 나라가 무너지면, 그런 이유라면 차라리 무너지는 게 낫겠다. 고작 그런 걸로 무너지는 나라라니. 갑오개혁은 뭐였다는 것인가. 신분제가 폐지되었다고 하는데 왜 백정은 계속 백정이어야 하는가. 그럼 나라는 이미 무너진 것인가. 이상하고 궁금한 것이 너무 많았다. 알고 싶은 것들을 모두 알 수 있게 되었으면 싶었다.

'학교에 가면 이걸 다 알 수 있을까?'

옆구리에 낀 고기 바구니가 점점 무거워지는 것만 같았다. 이 고기를 다 팔아도 나는 학교에 갈 수 없다. 당장 어머니의 감기를 낫게 할 약을 살 수도 없을 거다.

"저 가시나는 뭐고."

"저것이 경성에서 유행한다는 모던 걸 아닌가?"

마을이 시끌시끌했다. 나는 고개를 들어 앞을 봤다. 마을 입구에 사람들이 잔뜩 모여 서성이고 있었다. 무슨 일인지 호기심을 누를 수가 없었다.

'에이, 모르겠다. 또 구정물 끼얹으려면 하라 그래.'

나는 마을 입구로 뛰쳐나갔다. 사람들은 나를 전혀 신경 쓰지 않았다. 펼쳐지고 있는 광경에 정신이 팔린 덕이었다.

여자 한 명이 말에서 내리고 있었다. 어깨가 봉긋하게 솟은 윗옷과 무릎까지밖에 오지 않아 발목과 종아리가 훤히 보이는 치마까지, 여자가 입은 건 모두 서양 옷이었다. 이 근처에서 그렇게 입은 여자는 아무도 없었다. 더군다나 여자가 당나귀도 아니고 말을 타다니. 말은 무릇 양반들, 그것도 남자만 타는 것이었다.

그러나 사람들이 가장 놀란 것은 여자의 머리였다. 여자의 머리카락은 어깨에도 오지 않게 짧았다. 말에서 내려 고삐를 고쳐 잡는데 여자의 목덜미를 스치듯 흔들리는 머리카락에 모두 시선을 빼앗겼다. 댕기를 달 수 있는 것은 양민의 특권이었고, 곱고 긴 머리카락을 가지는 것은 모든 여자의 꿈이었다. 머리카락이 고운 것은 곱게 지낸다는 증거였다. 머리를 자주 감을 수 있으며, 일을 하지 않고 방에 앉아 참빗으로 머리카락을 빗고 기름을 바를 수 있는 것. 그것은 자신의 손으로 농사를 짓지 않아도 되는 양반의 아낙네만이 가능한 일이었다.

백정에게는 그 모든 것이 허락되지 않았다. 백정 여자애들은 댕기도 맬 수 없었다. 그것 역시 금지된 일이었다. 그런데 머리카락을 잘라 버리다니. 대체 왜? 나는 여자가 궁금해졌다.

여자는 터벅터벅 말고삐를 잡고 마을 안으로 들어왔다. 사람들이 여자의 양옆으로 쫙 갈라졌다. 여자는 무언가를 물으려는 듯 가장 가까이 서 있는 남자에게 다가갔다. 남자는 여자가 불이라도 되는 듯 흠칫 뒤로 물러섰다. 그 옆에 서 있던 여자에게도 다가갔지만 마찬가지였다. 여자는 다시 주변을 두리번거렸다. 그러다가 나와 눈이 마주쳤다. 여자의 얼굴을 정면으로 본 나는 또 한 번 놀랐다. 여자는 안경을 쓰고 있었다.

안경은 비싸기도 비쌌고 글을 많이 읽는 훈장님이나 쓰는 것이라 알고 있었다. 예전에 그런 적이 있었다. 어머니가 바느질을 하면서 눈이 침침하다며 바늘귀가 잘 안 보인다고 했다. 그래서 나는 어머니에게 안경을 쓰고 싶지 않냐고, 곽 훈장이 가끔 안경을 쓰는데 그럼 작은 글자가 매우 잘 보인다고 알려 주었다. 그랬더니 어머니는 "안경은 가시나가 쓰는 것이 아니다"라고 했다.

나는 내 앞에 성큼성큼 다가와 선 여자와 여자가 쓴 안경에서 눈을 뗄 수 없었다.

"여기 신대송이라는 분이 어디에 있는지 아니?"

신대송. 여자는 대송 오빠를 찾고 있었다.

"압니다."

"그럼 백정촌이 어디 있는지도 아니?"

"야, 지가 거 살지요."

"거기에 가려고 하거든. 같이 가 줄래?"

"그럼요, 가지요."

나는 여자의 옆에 섰다. 여자와 나란히 걷는 내게로 마을 사람들의 시선이 쏠렸다. 여자가 내 등을 툭 가볍게 건드렸다.

"왜 자꾸 땅을 보고 걷니. 그러다 넘어진다."

고작 두세 번이었다. 노촌에 고기를 팔러 온 것도, 고개를 숙이고 다닌 것도. 그러나 그사이에 땅을 보며 걷는 것이 습관이 되었다. 다리를 건너면 저절로 허리를 굽히던 어머니의 뒷모습이 떠올랐다. 나는 바짝 고개를 들었다. 턱을 꼿꼿이 세우고 앞을 봤다.

"그래, 그렇게 앞을 잘 보고 걸어야 해. 함부로 고개 숙이면 안 돼."

나는 여자의 말을 마음 한쪽에 잘 접어 놓기로 했다. 언제나 앞을 잘 보고, 함부로 고개 숙이지 말고.

나는 되도록 천천히 걸었다. 여자와 헤어지고 싶지 않아서였다. 그런데도 노촌을 빠져나오는 건 금방이었다. 다리를 건너면서 나는 여자에게 물었다.

"샘님은 이름이 뭡니까?"

"나는 박춘앵이야. 너는?"

"지는 두메별이요. 사람들은 두메라고 부릅니다."

"두메별. 이름 참 예쁘다."

"샘님 이름도 참 고와요."

춘앵은 하하, 소리 내어 웃었다. 나는 춘앵이 호탕하게 웃는 것이 참 좋았다. 백정촌 아줌마들도 웃을 때면 입을 가리지 않고 소리 내어 웃었다. 양반들은 그런 행동은 하지 않는다고 했다. 여자가 입을 가리지 않고 소리 내어 웃는 건 천한 것들이나 하는 짓이라고. 나는 춘앵이 양반인지 아닌지 궁금했다.

'안경을 쓴 것이나 웃는 것이나 양반은 아닌데, 행동이고 말이고 품위가 넘치는 것이 양반인가도 싶고.'

물어볼까 말까 망설이는 사이 다리를 다 건넜다. 소나무 옆을 지나는데 낯모르는 얼굴이 소나무 아래 앉아 있었다. 얼굴은 낯설었지만 누구인지는 한번에 알 수 있었다. 화려한 기모노를 입고 있었으니깐. 광대의 집에 찾아왔던 여자애였다.

나는 오름 아저씨의 집 앞에 멈춰 섰다.

"여가 신 샘님이 묵는 곳입니다. 안에 들러서 계시나 볼까예?"

"여기에? 백정촌에 안 묵으시고?"

"원래 읍의 회관에 계셨는데 일이 좀 있어가. 잠깐만요."

나는 오름 아저씨의 집 문을 두드렸다. 오름 아저씨가 문을 열어주었다.

"두메야, 지금 손님이 와 계셔서……. 아니, 옆에는 누구시냐?"

"오라버니를 찾아오셨어요."

"아, 들어오십시오. 이야기 들었습니다. 경성에서 곧 동료가 한 분 내려오신다고. 그것이 오늘인지 몰라 마중을 못 나갔습니다."

"제가 일정보다 좀 빨리 왔습니다."

"여성분이신 줄은 몰랐습니다. 두메야, 지금 손님이 오셔서 광대가 밖으로 못 나오거든. 네가 말 좀 묶어 줄 수 있니?

"하모요."

"대송 선생님은 지금 잠깐 나가셨는데 곧 돌아오실 겁니다. 이제 2시니깐 삼십 분 정도만 기다리십시오. 방에 대송 선생님이 그동안 활동하신 것을 적은 게 있는데 경성에서 동료분이 오시면 보여 드리라 했습니다."

"그럼 기다리겠습니다."

춘앵은 내게 말고삐를 넘겨주고 쪽방으로 향했다. 오름 아저씨는 바삐 부엌과 쪽방을 오고 갔다. 그사이 나는 마당 감나무 아래 말을 매었다. 감나무에서 정면으로 보이는 큰방 문이 빠끔히 열려 있었다. 문 아래에는 검고 반들반들한 구두 한 켤레와 낯익은 광대의 고무신이 놓여 있었다. 문 사이를 엿볼까 하다가 그만두었다. 쪽방 쪽도 기웃거려 보았지만 문은 굳게 닫혀 있었다. 춘앵이 조금이라도 문을 열어 두었으면 슬쩍 들어가 말을 걸어 보려고 했는데 안 될 것 같았다. 첫 만남부터 버릇없는 아이로 여겨지기는 싫었다.

나는 결국 오름 아저씨의 집을 나왔다. 대송 오빠가 돌아오면 춘앵과 제대로 인사를 나눌 수 있을 터였다. 오빠가 돌아올 때까지 기다리자 싶어 소나무 아래로 갔다.

'이 아는 왜 여기 있나.'

일본 여자애는 그때까지도 소나무 아래에 앉아 있었다. 다른 곳으로 가서 시간을 때울까 싶었지만 어쩐지 내 자리를 빼앗긴 것 같아 오기가 났다. 나는 여자애와 한 뼘 간격을 두고 나무 아래에 앉았다.

여자애는 무릎에 책을 한 권 놓고, 그 옆에 공책을 두고 무언가를 그리고 있었다. 여자애의 손에 들린 연필이 사각사각 소리를 내며 움직이는 것에 자꾸만 시선이 갔다. 보지 않으려고 해도 그 움직임과 소리가 너무나 매력적이었다. 나는 연필을 한 번도 가져본 적이 없었다.

"아나타, 난데 손나니 와타시오 미루노?(너, 왜 그렇게 나를 보니?)"

여자애의 시선이 갑자기 내 쪽으로 향했다. 낭창하게 무언가 말했지만, 나는 여자애의 말을 알아들을 수 없었다.

"초센징와 젠부 니홍고가 하나스토 오못타노니 치가우카.(조선인은 전부 일본어를 말할 수 있다 생각했는데 틀렸나.) 너 왜 나 보니?"

갑자기 여자애가 조선말을 했다. 그것도 꽤나 유창하게. 나는 여자애의 손 쪽을 가리켰다. 여자애가 연필을 손가락 사이에 낀 채로 공책과 책을 들어 보였다.

"이거?"

"우리말 잘하네."

"유모가 조선 사람이야. 그 덕에 배웠어. 아버지가 아시면 혼나.

너 책 볼래?"

여자애가 내 쪽으로 책을 내밀었다. 거절하기엔 너무 큰 유혹이었다. 나는 몸을 일으켜 여자애 옆에 앉았다. 여자애가 내민 책은 힐끔 보기에도 대송 오빠가 준 것보다 훨씬 좋았다. 일본어라 읽을 순 없었지만 글씨도 큼직큼직했고 무엇보다 그 화려한 그림이 있었다. 한 면 가득 채운 그림에 모두 색이 입혀져 있다니. 오빠가 준 이야기책의 작고 선 뿐이던 그림과는 비교가 되지 않았다.

"이쁘다."

"이뻐? 이것도 볼래?"

여자애가 공책을 내밀었다. 공책을 본 나는 또 한 번 놀랐다. 공책에는 책 속 그림이 그대로 그려져 있었다. 색은 없었지만 연필로 그린 그림은 한층 정교했다.

"니가 그렸나?"

"맞아, 다른 것도 있어."

여자애가 팔랑팔랑 공책을 넘겼다. 소나무에 앉으면 보이는 봄꽃 핀 흑응산의 모습이 생생하게 그려져 있었다. 빨강, 노랑이 없는데도 화사해 보였다. 다음 장, 또 다음 장. 한 장씩 넘어가던 여자애의 그림 중, 한 장이 내 눈을 사로잡았다. 물 위에 배가 떠 있는 그림이었다. 그림을 보고 단번에 알았다. 여자애가 그린 것이 바다라는 것을.

"대단하네. 니 환쟁이가?"

"환쟁이?"

"그림 그려 갖고 파는 사람."

"되고 싶어. 하지만 못 되겠지."

여자애는 푹 한숨을 내쉬고는 공책을 닫았다. 기모노 소매 밖으로 나온 손등은 파란 핏줄이 보일 정도로 하얗고 가늘었다. 그제야 나는 여자애의 안색이 창백하다는 것을 알았다. 입술에 붉은 연지를 발랐는데도 그 위로 흰 부스럼이 보일 정도로 몸이 좋아 보이지 않았다.

"니, 어디 아프나?"

"여기가 태어날 때부터 안 좋아."

여자애는 자기 심장이 있는 쪽을 꾹 눌렀다.

"아버지는 원래 무가 사람인데 최근에 사업을 시작했어. 사업을 잘 못해서 돈이 많이 필요하대. 조선에 아는 사람을 많이 만들고 싶어 해. 아버지가 내게 그랬어. 넌 쓸모없는 딸이다. 조선 남자와 결혼해서 은혜를 갚아라, 라고."

"쓸모없다니?"

"병이 있는 여자를 명문가에 소개할 나코우도는 없어. 아들을 낳을 수 없을 테니깐."

"나코…… 뭐?"

"남자 집이랑 여자 집이랑 연결해 주는 사람."

"아, 중매쟁이."

"그래서 나는 화가가 될 수 없어."

여자애가 공책을 만지작거렸다. 나는 파리한 여자애의 옆모습을 봤다. 이상하게도 그 얼굴이 광대의 옆얼굴과 닮아 보였다. 그때 광대는 무엇을 보고 있었던 걸까. 어쩌면 이 여자애처럼 될 수없는 무언가를 바라보고 있었던 걸까.

"내는 니 그림 아주 좋다. 내 이거 살게."

나는 바다 그림을 가리켰다.

"산다고?"

"내는 바다에 가 보는 게 소원이다. 근데 평생 못 갈 수도 있다. 그니깐 내는 이 그림이 가지고 싶어. 돈은 없으니깐 이거 줄게. 니그림 나한테 팔아라. 내는 바다를 가지고, 니는 그림 파니깐 환쟁이가 되고. 둘 다한테 좋지 않나."

나는 치마에 달아 놓았던 비단 주머니를 꺼냈다. 대송 오빠가 내게 준 것이었다. 여자애는 비단 주머니를 받아 만지작거리더니 그안에 무언가를 넣었다. 그러고는 공책을 쭉 찢어 그림책 안에 끼워 넣었다. 그때 오름 아저씨의 집 안에서 할머니 한 명이 총총 달려 나왔다.

"아기씨, 들어오셔야 해요."

"응."

여자애는 내게 그림책과 비단 주머니를 내밀었다.

"너 가져."

"주머니는 니 거다."

여자애는 내 손을 잡더니 그림책과 비단 주머니를 꽉 쥐여 주었다.

"애. 나는 말이야. 금방 죽을지도 몰라. 그럼 너는 내 그림을 사준 첫 번째이자 마지막 사람이 될 거야. 나를 화가라고 불러 준 유일한 사람. 그러니까 나는, 네게 이걸 주고 싶어. 너는 이걸 받아야만 해."

여자애는 있는 힘을 다해 내 손을 쥔 것 같았지만 힘이 하나도 느껴지지 않았다. 그래서 나는 여자애가 건네주는 것을 받을 수밖에 없었다. 여자애는 내가 그림책을 가슴팍에 끌어안자 생긋 웃었다.

"고맙다."

"나도."

여자애는 일어나서 할머니를 따라 오름 아저씨의 집 안으로 들어갔다. 좁은 기모노 폭만큼이나 여자애의 걸음걸이는 재빨랐다.

이름도 모르는 일본 여자애. 나보다 서너 살은 많을 것 같은, 그러나 나보다 깡마른 여자애. 조선말을 아주 잘하지만 아버지에게 들키면 안 된다는 여자애. 아버지에게 쓸모없는 딸이라는 말을 들은 여자애. 처음 온 남의 나라에서 처음 본 남자와 결혼해야 한다고 말하는 여자애. 언젠가 화가가 되고 싶지만 그 전에 죽을 것이라 말하는 여자애. 그 여자애의 뒷모습이 나는 왜인지 낯익고도 서글펐다.

여자애가 오름 아저씨의 집으로 들어가고 얼마 뒤에 대송 오빠가 다리를 건너왔다. 춘앵이 왔다는 말에 오빠는 다급히 아저씨의 집으로 들어갔다. 나는 그림책을 손에 꽉 쥐고 오빠의 뒤를 따라갔다. 오빠와 춘앵은 말을 끌고 아저씨의 집을 나왔다. 두 사람은 대문 밖에 서서 말싸움을 했다.

"백정촌은 잘 곳이 마땅치 않다 안 했습니까."

"아니, 백정을 위해 일하러 온 사람이 편한 곳에 머물려 하다니 무슨 경우입니까. 저는 백정촌에 머물 겁니다."

"백정촌 사람들에게 폐가 됩니다."

"그럼 일단 둘러보겠습니다."

"말 끌고 못 갑니다. 일단 회관으로 갑시다. 내리가이소."

백정촌에 당장 가네, 못 가네 하면서 두 사람은 한참이나 싸웠다. 나는 말의 옆구리를 쓰다듬으며 서서 기다렸다. 말싸움이 끝날 기미가 안 보이니 지겨워졌다. 나는 비단 주머니를 열어 여자애가 무엇을 넣었는지 봤다. 초록색 구슬이 들어 있었다. 구슬을 들어 이리저리 돌려 보았다. 한곳에 작게 무언가 적혀 있었는데 처음 보는 글자였다.

'일본어가? 읽을 수가 없다. 이기 뭐고.'

구슬을 다시 주머니 안에 넣는데 오름 아저씨의 집 안에서 무언가 요란스러운 말소리가 터져 나왔다. 대문이 사납게 열리고 양복을 입은 남자가 성난 발걸음으로 걸어 나왔다. 남자는 여자애의 손목을 붙잡고 있었다. 게다를 신은 여자애는 넘어질 듯 헐떡이며 가마 속에 밀어 넣어졌다. 나와 눈을 마주치거나 말을 걸 틈 따위도 없었다.

"다마소우토 시타노카! 테이노토와 키코에나캇타. 초센징노 쿠세니!(속이려 했던 거나! 저능아라고는 듣지 못했어. 조선인 주제에!)"

오름 아저씨가 남자의 뒤를 따라 뛰어나왔다. 아저씨는 붉어진 얼굴로 무언가 소리쳤지만 가마는 그대로 떠나 버렸다. 오름 아저씨는 망연자실해 가마가 떠난 자리에 털썩 주저앉았다.

'이 뭔 난리여.'

나는 집 안으로 들어갔다. 마당에 광대가 서 있었다. 무표정하게 하늘을 올려다보고 있었다. 광대의 바지는 축축하게 젖어 있었고 마당에서는 지린내가 났다. 나는 그대로 뒤돌아 나왔다.

경성에 갈 수 있다고?

✿

✦

춘앵은 이상한 사람이었다. 백정촌에 와서는 이마를 찌푸리지도 코를 막지도 않았다. 백정촌 사람들은 춘앵이 마을에 들어서자 힐끔거리며 경계하는 티를 숨기지 않았다. 그런데도 춘앵은 거침이 없었다. 춘앵은 우리 집에 와서 아버지와 어머니에게 인사까지 했다. 두 사람에게 허리를 숙이는 춘앵의 모습에 백정촌에 새로운 소문이 퍼져 나갔다.

"대송이는 한 번을 안 오더니 애먼 처녀가 왔네."

"여염집 규수가 우리 같은 것들한테 허리 숙이는 꼴을 다 보고."

"혹시 그거 아니가? 대송이랑 저 처녀랑……."

어떤 소문이 나든 나는 춘앵이 오는 것이 좋았다. 오름 아저씨

집에 가기가 힘들어진 탓에 더 그랬다. 가마가 떠나고 나서 멍하니 앉아 있던 오름 아저씨는 내게 말했다. "두메, 너 당분간 여기 오지 마라"라고. 오름 아저씨는 화가 난 듯 보였다.

일본 여자애와 광대의 결혼은 깨졌다. 광대가 장인이 될 일본 남자 앞에서 오줌을 쌌다는 거였다. 그 이야기를 하면서 사람들은 "바보가 바보짓 한 것이 뭐가 이상하냐"라고 말하며 재미있다는 듯 깔깔 웃었다. 몇몇은 오름 아저씨에게 일부러 말을 걸기도 했다. "잘됐다. 왜놈하고 사돈 맺을 일 있나. 광대가 애국자지." 이전에는 오름 아저씨에게 말 한마디 건 적 없던 사람들이 꼭 그랬다. 오름 아저씨는 대송 오빠를 따라다니던 것도 그만두고 집에 틀어박혔다. 광대도 일주일이 되도록 집 밖으로 코빼기도 보이지 않았다.

'광대가 한 번도 그런 실수를 한 적이 없는데. 와 그랬나.'

나는 실마루를 마른 천으로 벅벅 문질러 닦았다. 두 사람이 앉으면 엉덩이를 바짝 붙여야 하는 좁은 실마루지만 춘앵이 왔을 때 조금이라도 깨끗한 곳에 앉았으면 했다. 아지가 바구니를 챙겨 집을 나서며 내게 말을 걸었다.

"언니야, 진짜 산 안 가나?"

"어무이가 안 가도 된다 했다. 글자 공부하고 있을래."

"배부른 것보다 공부하는 게 좋나?"

"좋지."

"하여간 별나야."

아지가 나가고 얼마 후 춘앵이 왔다. 춘앵은 보자기 안에서 책을 꺼내 놓았다. 책에는 처음 보는 글자들이 적혀 있었다. 꼭 그림 같이 구불구불한 글자들이 신기했다.

"이게 서양 글잡니까?"

"그래. 구슬의 그 글씨, 두메 네가 이걸 배우면 읽을 수 있단다."

일본 여자애가 내게 준 구슬을 춘앵에게 보여 주었는데 거기 쓰인 건 일본어가 아니라 영어라는 서양 글자라고 했다. 서양 글자를 한 번도 본 적 없다고 했더니 춘앵이 책을 가져오겠다고 했던 것이다.

"구슬에 적힌 거 내가 읽어 줄까?"

"내가 읽고 싶어요. 샘님, 근데 서양 아들 글자는 언문이랑 아예 다르네요."

"가르쳐 줄게."

"참말로요?"

"그러려고 왔는걸."

그 순간 정말로 춘앵이 나라님처럼 보였다. 춘앵은 내게 서양 글자를 하나씩 가르쳐 주었다. 에이, 비, 시……. 춘앵은 가방에서 그림판도 꺼내 보여 주었다. 사과 그림 아래 APPLE(애플)이라고 쓰여 있었다. 사과는 서양 말로 애플. 공부하는 게 너무나 재미있었다. 한 시간 동안의 수업이 끝날 때쯤에는 몇몇 그림은 옆에 쓰인 언문을 보지 않고도 읽을 수 있게 되었다. 춘앵은 적잖이 놀란 듯 감탄했다.

"두메야, 너 정말 빨리 배운다. 머리가 좋구나. 언문은 어디서 배웠니?"

"오라버니가 남기고 간 책이 있어서 그걸로 혼자 했지요."

"학교는 안 다니고?"

"백정 아들은 학교 못 갑니다. 갈 수 있게 되어도 아부지가 내를 안 보내 줄 겁니다."

"아버지가? 왜?"

"가시나가 공부해 봤자 쓸데없다고 내가 공부하는 거 싫어합니다."

춘앵은 쓰고 있던 안경을 벗어 후, 입김을 불었다. 치맛자락으로 안경알을 쓱쓱 닦으며 춘앵은 노래를 불렀다.

"트윙클 트윙클 리틀 스타……."

서양 말로 된 가사를 알아들을 순 없었지만 나는 춘앵의 노랫소리에 홀린 듯 빠져들었다. 춘앵은 노래를 무척 잘했다. 목소리가 맑고 고와서 꼭 새가 지저귀는 것 같았다.

"샘님은 못하는 게 없네요."

"뜻이 맞는 여자들끼리 전국을 돌면서 노래하고 공연하는 모임

이 있단다. 사람들에게 독립운동가도 가르쳐 주지. 나도 그 활동을
했어. 그러다 진주에서 형평운동을 알게 되었지."

"독립운동가?"

"신한촌에서 만든 노래야. 독립운동을 위한 노래가 여럿 있단
다. 한번 들어 볼래?"

춘앵은 목을 가다듬고 노래를 한 곡 더 부르기 시작했다.

"전중이 일곱이 진흙색 일복 입고……."

대한이 살았다, 라는 후렴구가 이어지는 노래는 힘차고도 슬펐
다. 노랫소리에 이끌린 듯 몇몇 애들이 우리 집 근처를 서성거렸다.

"이건 만세 운동 때 옥에 갇힌 여성들이 불렀던 노래란다."

몇 해 전에 일어났던 만세 운동은 나도 기억하고 있었다. 그때
나는 여덟 살이었는데 어머니와 함께 은산 장에 갔었다. 은산 장
은 우리 집에서 걸어서 세 시간쯤 걸리는 곳에서 열렸는지라 그
전에는 한 번도 간 적이 없었다. 가끔 아버지가 마을 사람들과 다
함께 달구지를 몰고 나간 적은 있어도 애들은 데려가지 않았다.

하지만 그날은 어머니가 우리를 아침 일찍 깨워서 데리고 갔
다. 어머니는 나와 석송 오빠의 손바닥에 태극기를 그려 주었다.
어른 대여섯 명과 함께 달구지를 타고 갔는데 다들 비장하게 입을
꽉 다물고 있었던 것이 기억난다.

장터 구경은 신났다. 은산 장은 우시장이 함께 열리는 큰 장이

었다. 자전거가 짐을 잔뜩 싣고 돌아다니는 것을 보며 나와 석송 오빠는 신이 나서 뛰어다녔다. 아버지는 우시장 쪽에도 가지 않고 국밥집에 앉아 달달달 다리를 떨었다. 어머니는 나와 오빠에게 속삭였다. "뭔 일이 일어나도 내한테서 떨어지지 마라"라고. 국밥을 다 먹어 갈 때쯤, 갑자기 시장이 소란스러워졌다. "대한 독립 만세!"라는 우렁찬 목소리. 그 목소리는 조금씩 시장 한가운데로 몰려들었다.

나와 오빠는 이것이 소문으로 듣던 만세 운동임을 알았다. 일본이 우리나라를 괴롭히며 자기 것으로 만들려 하고, 나라님을 독살했다는 것은 조선 팔도에 모르는 이가 없었다. 백정들도 일본을 싫어했다. 도사의 운영권과 고기 판매권 등 백정들이 가지고 있던 권한 대부분을 일본 사람들이 가져갔기 때문이다. 일본 사람들이 가죽 공장을 지은 곳에서는 백정들 대부분이 본래 일을 그만두고 공장에 취업을 하기도 했다. 그러나 공장 환경은 열악했고 월급도 적었다.

더군다나 일본 사람들도 백정을 천대했다. 일본에도 '에다'라고 불리는 백정이 있는데 그들 역시 조선의 백정처럼 천민 취급을 받는다고 했다. "조선이나 일본이나 사람 취급 못 받는 것들에게 나라가 뭔 필요가." 아버지는 그렇게 중얼거리곤 했었다.

하지만 아버지도 외쳤다. "대한 독립 만세!"라고. 손에 큰 태극기를 든 사람들 몇몇이 앞장서서 외쳤고 그 뒤를 장터에 있던 사람들이 따랐다. 나와 오빠도 손을 마구 흔들며 사람들 틈에 끼어들었다. 인파에 떠밀려 장터를 벗어나는데 헌병이 달려왔다. 어머니는 나와 오빠를 끌어안고 쌓여 있는 가마니 뒤로 주저앉듯 숨었다. 나와 오빠의 손바닥에 그렸던 태극기를 침 묻힌 손끝으로 마구 문질러 지우는 어머니의 숨결은 무척이나 거칠었다. 그 거친 숨결이 정수리를 간질이던 기억이 선명하게 떠올랐다.

"샘님, 만세 불렀던 거 나라 구하려고 했던 거지요?"

"그렇단다."

"근데 노촌 어른들이요. 백정이 양민이 되면 조선이 망한다고 하던데 참말입니까?"

춘앵은 살포시 웃었다.

"두메야, 조선은 이미 무너졌단다. 지금 이 나라는 대한제국이야. 완전히 다른 세상이란다. 그리고 백정은 이미 양민이지. 사람들의 인식이 변하는 데 시간이 걸릴 뿐 그게 사실이란다. 나는 대한제국은 조선과는 완전히 다른 나라가 되어야 한다고 생각해. 백정이든 여자든 모두가 국민으로서 행복한 나라. 그게 내 꿈이야."

조선은 이미 무너졌다. 이곳은 다른 나라, 다른 세상이다. 춘앵의 말은 내게 신비한 주술 같았다. 춘앵의 말 한 마디 한 마디가 내 머릿속에 무언가를 와르르 무너뜨렸다가 다시 쌓아 올렸다.

"샘님, 그러면 형평사에도 가시나가 있심꺼?"

나는 계속 궁금했던 것, 그러나 대송 오빠가 대답해 주지 않았던 것을 물었다.

"있지, 많지는 않아도. 나도 그중 한 명인걸."

"참말? 몇이나 됩니까? 내도 나중에 형평사에 들어갈 수 있을까요?"

"두메야, 사실 형평사에서는 아직 여성 대원들의 목소리가 크지 않아. 고기를 팔러 다니면서 겪는 수모, 쪽을 질 수 없는 것 등 백정들이 겪는 차별 중에는 여자라서 겪어야 하는 일들이 존재하지. 하지만 그 일들을 개선해야 한다고 말하면 그보다 먼저 개선해야 할 일이 있다고 덮어 버리지. 형평사 총대회에 한 번도 여성 대원이 참석한 적 없다는 것도 문제야."

"그러면…… 형평운동이 잘되어도 내는 공부 못 합니까? 내도 샘님처럼 아는 거 많은 사람이 되고 싶어요. 백정의 딸은 글케는 못 됩니까?"

나는 공부하고 있던 서양 글자를 노려보았다. 아버지 말이 맞을지도 모른다. 백정의 딸이 공부를 해서 무엇에 쓰겠는가. 나는 춘앵처럼 전국을 다니며 노래하지도 못할 것이고, 다른 사람에게 공부를 가르쳐 주지도 못할 것이다. 백정촌에서 영영 벗어나지 못할지도 모른다. 그렇게 생각하니 기운이 쭉 빠졌다.

"두메야, 내가 비밀 하나 알려 줄게."

춘앵이 내게로 몸을 숙이며 작은 목소리로 속삭였다.

"나는 기생의 딸이란다."

그건 정말 생각지도 못한 이야기였다. 춘앵처럼 많이 배우고 훌륭해 보이는 사람이 기생의 딸이라니. 기생은 백정만큼 천대받는 존재였다.

물론 모든 기생이 그런 것은 아니었다. 기생은 일패, 이패, 삼패로 나뉘어졌다. 일패는 최상급 기생으로 궁중의 국가 행사에도 동원되는 사람들이었다. 옥관자를 달고 약을 다룰 줄 알았다. 매춘은 하지 않고 엄격한 규칙을 지키며 살았다.

이패는 일패보다는 예능 실력이 떨어지는 사람들로 양반이나 각 관아의 관리를 상대했다. 이들 중에는 몰래 매춘을 하는 사람도 있었다. 그러나 이패도 양반 이외 서민으로서는 닿을 수 없는 존재였다.

서민들이 만날 수 있는 것은 삼패였다. 이들은 기생보다는 '창기'라 불렸다. 예능은 어디까지나 구색 맞추기로 매춘이 주가 되는 사람들이었다. 절 근처에서 몸을 파는 화랑유녀나 주막에서 몸을 파는 작부 등이 이들이었다. 백정 중에도 창기로 나서는 이들도 있었다. 사람들은 기생과 창기를 철저히 구분해 대했다.

일본이 나라를 빼앗아 간 후로는 궁과 관아를 드나들던 일패, 이패 기생들이 우르르 무너졌다. 공창제도가 발표되며 사람들은 이제 기생은 모두 창기라고, 일본에 꼬리를 휘둘러 살아남은 것들이라고 욕을 했다.

"사람들은 알려 하지 않는단다. 기생들이 독립운동을 하고, 그 딸이 극단을 차리고 곳곳에서 언문을 가르칠 수 있다는 것을 인정하지 않아. 나도 얼마나 듣고 자랐는지 모른다. 기생의 딸은 공부해 봤자 소용이 없다, 기생의 딸은 그저 기생이 될 뿐이다, 하는 말들 말이야. 그렇지만 보렴, 두메야. 내가 이렇게 여기서 너를 가르치고 있잖니."

기생의 딸이 할 수 있는 건 백정의 딸도 할 수 있다. 춘앵의 이야기는 망치 같았다. 내 머릿속에, 가슴속에 단단하게 자리 잡고 있던 무언가를 쾅쾅 깨부쉈다. 그 무언가 할 수 없다고 지레 포기하게 만들었던 생각들. 내 것이 아닌 주변이 내 안으로 밀어 넣었던 생각들이었다.

"참말입니까?"

"진짜야."

춘앵은 빙긋 웃고는 자리에서 일어나 신발을 신었다.

"두메야, 마을 구경을 좀 시켜 줄래?"

나와 춘앵이 집 밖으로 나오자 집 주변을 기웃거리고 있던 아이들이 주변으로 몰려들었다.

"두메야, 아까 노래 뭐고?"

"노래가 참말 슬프데."

아이들은 춘앵에게 말을 걸고 싶어 하는 기색이 역력했다. 하지만 차마 그러지는 못하고 내게 질문을 퍼부었다. 내 주변에 강아지처럼 매달린 아이들을 보던 춘앵이 불쑥 물었다.

"얘들아, 노래 배우고 싶니?"

아이들은 서로 눈치를 봤다. 백정촌에서 가장 어린 여섯 살 을이가 번쩍 손을 들었다.

"소인은 배우고 싶습니더!"

"소인이라는 말 안 써도 돼."

"참말로요?"

"진짜로. 그냥 편하게 말하렴."

"그러면 혼날 텐데. 안 때립니까?"

"절대. 약속할게."

춘앵은 을이의 작은 손가락에 자신의 손가락을 걸어 보였다. 그러자 아이들이 앞다투어 달려들었다.

"글 배우고 싶은 애들도 있니?"

"내는 배우고 싶습더."

"내도……. 근데 우리는 못 배운다고 하던데. 예전에 돌이 할배가 선생님을 모셔 올라 했어요. 돌이 할배는 젤 어른이고 돈도 많거든여. 근데 선생님이 백정촌에는 안 온다 했대요. 그래 갖고 할배가 실망했지요."

아이들의 말을 듣고 있던 춘앵이 고개를 끄덕였다.

"얘들아, 내가 글 가르쳐 줄게. 매일 여기에 와서. 어때?"

춘앵의 말에 아이들은 순간 조용해졌다. 그중 한 명이 마을 밖으로 뛰어나갔다.

"도사 가서 어른 불러올게요!"

그 뒤는 일사천리였다. 돌이 할아버지를 비롯한 백정촌 어른들은 처음에는 춘앵의 제안을 믿지 못했다. 춘앵이 말을 편히 하라는 것 역시 믿지 않았다.

"와 여염집 아씨가 소인들에게 그런 일을 해 주신다는 겁니까?"

어른들은 춘앵을 의심스러운 눈으로 바라보았다.

"애들이 글 배우는 거 원하지 않으십니까?"

춘앵의 말에 어른들은 쩝, 입맛을 다셨다.

"그야 바라지예, 세상이 바뀐다는데. 제가요, 운이 따르는 팔자인지 백정치고는 돈을 좀 벌었지요. 그런데 그럼 뭐 하나 싶을 때가 있습니다. 손자 하나 있는 거 학교도 못 보내고."

"그렇지요. 그러니 저를 한번 믿어 보세요. 수업료도 필요 없고 애들을 가르칠 공간만 있으면 됩니다. 나중에 형평 분사에서 강습소를 만들 겁니다. 그 전에 아이들에게 배우는 즐거움을 알려 줄 수 있다면 얼마나 좋은 일입니까."

춘앵의 말투에는 호소력이 있었다. 결국 백정촌 어른들은 마을의 창고 하나를 수업 공간으로 만들기로 했다. 창고는 다섯 명 정도 들어가면 꽉 차게 좁은 곳이라 치우는 건 금방이었다. 글을 배우길 원하는 아이들은 열두 명이라서 네 명씩 나누어 3일에 한 번씩 수업을 받는 것으로 했다. 창고를 다 치우고 돌이 할아버지는 춘앵에게 깊이 허리를 숙였다.

"아씨, 고맙습니다. 내 죽기 전에 손자 놈이 글 배우는 것을 보겠네요."

아이들은 텅 빈 창고 안에서 깡충깡충 뛰었다. 춘앵은 돌이 할아버지의 손을 자신의 양손으로 움켜잡았다. 돌이 할아버지를 비롯해 거기 있던 모두가 깜짝 놀랐다. 백정의 손은 부정을 탄 것이라 여기며 여염집 여자들은 백정의 손끝이 자신의 치맛자락을 스치는 것도 싫어했다. 백정 중 여자만 고기를 팔러 다니는 것도 그 이유가 컸다. 여자는 짐승을 직접 죽이지 않으니깐 남자 백정처럼 손이 부정하지는 않다는 것이었다. 그런 손을 여자가 먼저 잡다니.

"할아버지, 걱정 마세요. 아이들에게 좋은 세상을 만들어야지요."

춘앵은 다음 날 아침 9시에 오겠다고 하고는 마을을 떠났다. 돌이 할아버지는 춘앵이 산길을 내려가는 것을 마을 입구에 서서 바라보았다. 춘앵의 뒷모습이 완전히 보이지 않게 될 때까지. 나도 돌이 할아버지의 옆에 서서 춘앵이 점처럼 멀어지는 것을 보았다.

"세상이 바뀌긴 바뀔 것인가 봐야."

돌이 할아버지가 작게 중얼거렸다.

다음 날부터 수업이 시작되었다. 오전 9시부터 11시까지 두 시간의 수업이었다. 아이들이 도사나 산에 가서 일해야 하는 것을 고려해 정한 시간이었다. 춘앵은 언문책 네 권을 가져와서 아이들을 가르쳤다. 어린애들은 수업에 좀처럼 집중을 못 해 장난을 치기도 했지만 내 또래의 아이들은 열성적으로 글을 배웠다. 수업이 끝나면 춘앵은 한 시간 정도 따로 시간을 내어 내게 서양 말을 가르쳐 주었다.

수업을 시작한 지 사흘째 되던 때에 기노시타가 마을로 찾아왔다. 수업 중이던 창고 문을 벌컥 열고 들어왔다. 순간 창고 안의 모두가 얼어붙었다. 기노시타는 창고 안을 한 바퀴 획 둘러보았다. 춘앵과 기노시타는 잠시간 서로를 바라보았다. 팽팽한 눈싸움이 이어졌다.

"일본어도 가르쳐야 합니다."

기노시타는 그렇게만 말하고는 창고를 나갔다. 누가 먼저라 할 것 없이 길게 숨을 내쉬었다. 기노시타가 변덕을 부리면 언제든 옆에 찬 칼을 휘두를 수 있음을 모두가 알았다. 춘앵은 다음 날부터 일본어 책을 한 권 가져왔다. 그러나 그걸 아이들에게 가르치지는 않았다.

아버지는 내가 춘앵을 돕는 것도, 서양 글을 배우는 것도 모두 못마땅해했다. "시간이 남아도나. 니 일은 안 하고 놀기만 할 기가?"라고 몇 번이고 나를 꾸짖었다.

춘앵이 백정촌에서 수업을 하고 일주일이 지났을 때였다. 아이들의 공부가 끝나고 춘앵과 나의 공부가 이어졌다. 나는 간단한 문장을 읽을 수 있게 되었다. 춘앵이 내 준 숙제를 열심히 한 덕분이었다.

"선생님, 이거요. 내 이제 읽을 수 있어요."

나는 일본 여자애가 줬던 구슬을 꺼냈다. 그림 같기만 하던 것이 이제는 확실한 글자로 보여서 기뻤다.

"비 프리(Be free). 맞아요?"

"맞아, 두메야. 무슨 뜻인지도 알겠니?"

"뜻은 아직 몰라요."

춘앵은 종이에 커다랗게 '자유'라고 써서 내게 주었다.

"자유."

이게 그 뜻이었다니. 나는 파란 구슬을 천천히 한 바퀴 돌려 보았다. 여자애가 그렸던 바다가 이런 색일까. 여자애는 자유를 원해서 바다를 닮은 구슬에 그것을 써 놓았을까. 그런데 자유는 대체 뭘까.

"두메야, 너 경성에 안 갈래?"

나는 구슬에서 눈을 떼고 춘앵을 봤다.

"경성에 형평사 본회에서 운영하는 학교가 있어. 아이들을 위한 기숙사도 마련되어 있고. 네 재주가 아까워서 그래. 영어 배우는 속도를 보면 앞으로 통역이나 번역 일을 하면 참 좋을 것 같아서. 교회에 내가 아는 선교사님이 계시다. 그분께 네가 경성에 가도 생활에 무리가 없게 돌보아 줄 수 있느냐고 편지를 드려 보마."

"경성이요?"

경성, 경성이라니. 내가 경성에 갈 수 있다니. 구슬 속 자유가 빙글빙글 돌았다.

끈이 잘린 갓

✿

✦

"안 된다."

아버지는 내 말을 다 듣지도 않고 잘라 말했다.

"와 안 되나? 선생님이 다 도와준다고 했는데."

"안 된다고!"

아버지는 버럭 소리를 질렀다.

"말만 한 가시나가 경성을 혼자 어떻게 가나! 가서, 그 잘난 공부해서 뭐 할 긴데! 가시나야, 정신 좀 차리라. 니는 백정의 딸이여. 니가 암만 뭘 하든 니는 백정의 딸이란 말이여!"

아버지의 고함 소리가 내 온몸을 때렸다. 내가 꼿꼿이 앉아 있을수록 고함 소리는 더 커졌다. 아지와 막둥이는 방구석에 몸을 구기

듯 쪼그리고 앉아 벌벌 떨었고, 어머니는 나를 향해 휘두르는 아버지의 팔에 매달렸다. 밖으로 나가라는 어머니의 외침을 들으며 나는 눈을 감았다.

'경성에 간다. 가고말고.'

이마에 송골송골하게 땀이 맺혔다. 고함 소리가 내리치던 밤이 끝나고 시간은 잘도 흘렀다. 어느덧 본격적인 여름이 시작되었다. 백정촌에는 언제나 특유의 냄새가 났는데 여름이면 그 냄새가 더욱 심해졌다. 노촌 사람들은 그것이 백정들의 몸에 묻은 피 때문이라고 했다. 하지만 그건 피 냄새가 아니었다. 떠나고 싶어도 떠날 수 없고, 그만두고 싶어도 그만둘 수 없는 백정들의 한이 서린 냄새였다.

나는 매일 아버지에게 경성에 가겠다고 말했지만 아버지는 계속 안 된다고 했다. 날은 점점 더워졌고 백정촌 창고에서의 수업은 점점 힘들어졌다. 창고에는 바람이 통하지 않았다. 수업에 나오는 아이들이 점점 줄어들었다. 그래도 나는 묵묵히 공부를 했다. 6월 중순쯤이 되니 공부를 마치고 나오면 저고리가 땀으로 흠뻑 젖었다. 춘앵도 마찬가지였다.

그러던 중 유독 더웠던 그날, 사건이 일어났다.

술 냄새가 났다.

"이딴 거를 하니까! 가시나가, 딸꾹. 헛바람이 들어가!"

막 수업이 끝난 터였다. 아버지가 손에 촛대를 들고 창고로 뛰어들어왔다. 소를 잡을 때 쓰는 끝이 날카로운 망치를 한 번 휘두르자 창고 벽이 움푹 파였다. 아버지는 숨을 헐떡거리며 또다시 촛대를 휘둘렀다. 아버지의 얼굴은 빨갛게 달아올라 있었고 눈에는 핏발이 서 있었다. 아버지는 짐승처럼 보였다.

"니가 뭔데. 니가 뭔데!"

아버지가 춘앵을 노려보았다. 나는 춘앵에게 딱 달라붙었다. 아버지는 또 한 번 촛대를 휘둘렀다. 창고 한쪽에 쌓여 있던 가마니에 촛대의 끝이 박혔고, 아버지는 비틀거리다 옆으로 넘어졌다. 나는 춘앵에게 속삭였다.

"샘님, 아부지가 일어나기 전에 여서 나가야 합니다. 뜁시다."

춘앵이 고개를 끄덕였다. 아버지가 촛대에 기대어 몸을 일으키려 버둥거리는 사이, 나와 춘앵은 창고를 빠져나왔다. 뒤에서 무언가 부서지는 소리와 함께 아버지의 고함 소리가 이어졌다. 짐승과도 같은 포효였다. 산길을 뛰어 내려가는 동안 춘앵은 내 손을 꽉 잡고 있었다. 뛰는 내내 눈 끝이 시큰거렸다. 나와 춘앵은 한참을 뛰다가 다리 한가운데 와서야 멈췄다.

"샘님, 죄송해요."

멈추자마자 나는 내 손을 잡은 춘앵의 손목을 다른 쪽 손으로 꽉 붙잡았다. 그러지 않으면 당장이라도 춘앵이 내 손을 놓고 다리 너머로 건너가서 다시는 돌아오지 않을 것만 같았다. 그래도 나는 춘앵을 원망할 수 없을 터였다.

'아부지가 춘앵을 죽이려고 했다.'

촛대에 맞으면 소도 한 방에 죽는다. 술에 취해 휘두른 것일지라도 사람이 맞으면 어떻게 될지 아버지가 몰랐을까 싶었다. 술에 취해 있기는 했을까. 아버지는 평소 술을 잘 마시지 않았다. 백정촌 남자들은 거의 매일 술을 마셨다. 도축을 하고 난 날이면 고주망태가 되어 이곳저곳에서 행패를 부리기도 했다. 아버지는 그러지 않았다. 어머니와 결혼한 이후 일부러 술을 잘 입에 대지 않으려 하는 편이었다.

그런 아버지가 대낮부터 술에 취했다는 것이 이상했다. 어쩌면 술에 취한 척 나에 대한 미움을 휘두르러 온 것은 아닐까. 창고를 부수어 내가 다시는 공부하지 못하게 하려고, 춘앵에게 겁을 주어 쫓아내려고. 그런 생각이 마구 떠올랐다. 아버지가 미웠다. 너무나 미워서 견딜 수가 없었다.

"두메, 네가 죄송할 것이 뭐가 있어. 무서웠지?"

춘앵은 내 손을 놓지 않았다. 오히려 나를 끌어안고는 등을 토닥여 주었다. 땀에 젖은 춘앵의 윗옷 아래 살이 내 살과 맞닿았다. 여름인데도 그 온기가 이상하리만치 좋았다. 차올랐던 숨이 조금씩 가라앉았다. 나는 춘앵의 어깨에 잠시간 얼굴을 파묻은 채 서 있었다. 백정촌의 여름과는 다른 빛의 냄새가 났다.

"눈을 어디에 둬야 할지 모르겠소."

능글맞은 목소리에 나는 춘앵의 어깨에서 고개를 들었다. 김열섬이 노촌 쪽 다리 끝에서 걸어오고 있었다. 김열섬은 춘앵의 바로 뒤에 섰다. 춘앵은 나를 놓고 한 발 뒤로 물러서 김열섬을 마주보았다. 김열섬은 춘앵을 머리끝부터 발아래까지 훑어보았다. 땀에 젖어 달라붙은 춘앵의 윗옷에 한참이나 머무는 김열섬의 시선은 더없이 추악했다.

"다 큰 처녀가, 그것도 샘님이 이런 차림새로 다니면 쓰나."

"이런 차림새라니요?"

"그것이 남정네 유혹하려는 게 아니면 뭔데."

"말조심하십시오."

김열섬이 춘앵의 손목을 덥석 붙잡았다. 춘앵이 뿌리치려 했지만 소용없었다.

"놔!"

"샘님이 말이 험하네. 만날 백정촌 것들과 어울리니 그리된다 아

닌가. 그라지 말고 내랑 연애나 하자. 가시나가 무신 사회운동이
고. 가시나는 사내 잘 만나서 결혼하는 게 최고다."

"무례하게!"

춘앵은 다른 쪽 손을 번쩍 들어 김열섬의 뺨을 치려 했다. 하지만
김열섬은 그 손마저 덥석 잡아 버렸다. 김열섬이 금방이라도 춘앵
에게 해코지를 할 것만 같았다. 나는 김열섬에게 덤벼들어 춘앵의
손을 잡고 있는 김열섬의 손목을 물었다.

"뭐고, 이 가시나!"

김열섬이 비명을 지르며 나를 발로 걷어찼다. 나는 그래도 김열
섬의 손목을 놓지 않았다.

"이기 뭔 미친 짓거리야!"

김열섬은 또다시 나를 걷어찼다. 나는 다리 위에 나뒹굴었다. 입
에서 찝찌름한 짠맛과 비린 맛이 한꺼번에 맴돌았다. 김열섬이 웅
크린 내 몸을 다시 걷어차려는데 춘앵이 뒤에서 김열섬의 뒤통수
를 내리쳤다.

"그만해!"

"이 가시나들이 쌍으로 미쳤나!"

김열섬은 몸을 돌려 그대로 춘앵을 걷어찼다. 배를 부여잡고 일
어나려고 버둥거리던 내 눈에 다리에 쓰러져 신음하는 춘앵이 보
였다. 두 다리를 벌리고 서서 무서운 기세로 춘앵을 내려다보는

김열섬의 뒷모습을 봤다. 김열섬이 춘앵을 죽이는 것은 아닐까, 하는 공포가 몰려왔다. 그것은 술에 취해 촛대를 휘두르던 아버지에게서 느꼈던 공포보다 훨씬 강력하고 현실적인 것이었다.

나는 무엇이든 해야 했다. 배가 욱신거렸지만 일어났다. 일어나서 뛰었다. 다리에서 오름 아저씨의 집까지는 일 분도 걸리지 않았다. 나는 아저씨의 집 대문을 마구 두드렸다.

"아재! 광대야! 오라버니! 오라버니 없나! 일 났다. 제발 좀 나온나!"

쾅쾅. 주먹이 빨개졌다. 곧 대문이 열렸고 대송 오빠와 광대가 집 밖으로 나왔다. 대송 오빠는 외출 준비를 하던 중이었는지 두루마기에 갓까지 갖추어 쓰고 있었다. 오빠는 어리둥절한 표정으로 나를 바라보았다.

"뭔 일이고?"

"빨리 와 봐라, 빨리!"

나는 대송 오빠의 손을 붙잡고 다리를 향해 달렸다. 영문을 모르고 내게 끌려오던 오빠는 다리가 눈에 보이자 무슨 일인지 단박에 알아챈 듯했다. 김열섬은 춘앵의 허벅지를 무릎으로 누르고 몸 위에 올라타려 하고 있었다.

"무슨 짓이야!"

대송 오빠는 다리 위로 뛰어가 김열섬의 얼굴에 주먹을 날렸다.

김열섬이 다리 위로 쓰러졌다.

"이 백정 새끼가! 니 두고 보자!"

김열섬은 대송 오빠를 노려보고는 다리를 건너 노촌 쪽으로 달려갔다. 꽁무니가 빠져라 도망치는 김열섬의 뒷모습에 나는 돌을 집어 던졌다.

"썩 꺼지라!"

"박 샘님, 괜찮습니까?"

"저는 괜찮습니다. 두메야, 너는?"

춘앵이 신음 소리와 함께 몸을 일으켰다. 하지만 제대로 몸을 가누지 못하고 다시 주저앉고 말았다. 대송 오빠가 춘앵에게 등을 내밀었다.

"업히십시오."

춘앵이 잠시 망설이다 오빠의 등에 업히려 할 때였다.

"저기! 저 백정 놈이 내를 쳤다!"

김열섬이 노촌 사람들을 이끌고 다리로 돌아왔다. 김열섬은 열 명이 넘는 사람들 앞에 대장처럼 버티고 서서 손가락 끝으로 대송 오빠를 가리켰다.

"저놈이 양반들하고 어울린다고 지가 진짜 양반이라도 된 듯 군다! 저놈이 백정인 걸 누가 모르나. 한번 백정이 쭉 백정이지, 어찌 백정이 아니게 되나!"

김열섬이 연설이라도 하듯 말하자 뒤에 선 노촌 사람들이 입을 모아 외쳤다.

"그럼!"

"건방지데이!"

"백정은 백정일 뿐이지!"

대송 오빠는 뒤에 서 있던 광대에게 속삭였다.

"광대야, 니 박 샘님 모시고 집에 가 있어라."

"저도 여기 있겠습니다."

하지만 춘앵은 여전히 몸을 제대로 가누지 못했다. 나와 광대는 춘앵을 부축해 일으켜 세웠다. 이곳을 피해야 했다. 흥분한 노촌 사람들이 춘앵에게 무슨 해코지를 할지 알 수 없었다.

"선생님, 일단 갑시다."

나와 광대는 발을 맞추어 오름 아저씨의 집으로 춘앵을 데려갔다. 춘앵을 아저씨의 집 마루에 눕혔다. 광대가 부엌에서 수건을 가져와 춘앵에게 내밀었다.

"광대야, 니 잠깐 돌아앉아 있으라."

광대가 뒤돌아 앉고, 나는 춘앵의 윗옷을 살짝 걷어 보았다. 김 열섬에게 얻어맞은 배가 퍼렇게 멍이 들어 있었다.

"광대야, 뭐 약 없나? 바를 것."

"있어, 잠깐만. 아버지가 안방에 두었을 거야."

광대가 안방으로 들어가 철제 통에 든 고약을 가져왔다. 나는 춘앵의 배에 그것을 바르고 수건으로 둘둘 말았다. 춘앵이 낮은 신음을 흘렸다.

"대송 선생님은……."

"걱정 마시고 방에 들어가 쉬시어라."

춘앵은 어떻게든 몸을 일으키려 했지만 뜻대로 되지 않는 듯했다. 나는 광대의 도움으로 춘앵을 쪽방에 눕힐 수 있었다. 춘앵의 이마에서는 식은땀이 아주 많이 났다. 나는 춘앵의 이마를 수건으로 닦아 주었다. 많이 다친 게 아닐지 걱정되었다. 그러나 그보다 더 혼자서 다리에 남은 대송 오빠가 걱정되어 견딜 수가 없었다.

"두메야, 너 얼굴에 멍이……."

"광대야, 니가 선생님 좀 잘 보고 있어."

나는 광대에게 수건을 쥐여 주고 오름 아저씨의 집을 뛰쳐나와 다리로 갔다.

"오라버니!"

대송 오빠는 다리 한가운데 혼자 우두커니 서 있었다. 대송 오빠가 입고 있던 옷이 엉망으로 구겨져 있었다. 오빠가 쓰고 있던 갓은 다리 위에 떨어져 있었다. 끈이 잘린 채. 누가 그랬는지는 뻔했다. 김열섬과 노촌 사람들일 터였다. 갓끈을 잘라 버린 이유. 그것은 너무나 명백했다. 백정은 갓을 쓸 수 없다. 누가 정했는지 모르지만 그건 긴 시간 동안 불문율이었다.

갓을 쓸 수 있는 것은 양민이나 양반뿐이었다. 백정은 패랭이를 썼다. 대나무를 성기게 얽어 만든 패랭이는 색이나 모양 모두 갓과는 달랐다. 쓰고 있는 것만으로도 누가 양반이고 누가 백정인지 한눈에 알 수 있었다. 백정이 갓을 쓰면 관아에 끌려가 곤장을 맞아야 했다. 양반을 만났을 때 패랭이를 벗고 길가에 납작 엎드리지 않으면 그것 역시 처벌의 대상이 되었다.

신분제가 없어졌을 때 백정은 패랭이를 써야 된다는 규칙 역시 없어졌다. 백정이 갓을 써도 관아에서 잡아가지 않게 된 것이다. 어디까지나 법적으로는 그랬다. 갑오개혁 이후 백정들은 너 나 할 것 없이 갓을 썼다. 패랭이를 벗게 되어 기뻤던 것이다. 그러나 그 백정들 대부분은 양민들에게 집단으로 얻어맞았다. 어느 곳에서는 양반의 주도하에 폭력 사태가 일어나기도 했다.

노촌 사람들은 대송 오빠가 갓을 쓰는 것을 용서할 수 없었던 것이다.

"……오라버니."

"괜찮다. 박 샘님은 괜찮으시냐?"

"식은땀을 아주 많이 흘린다."

오빠는 다리를 건너 오름 아저씨의 집으로 향했다. 나는 다리에 떨어진 갓을 집어 들고 오빠의 뒤를 따라갔다. 구겨진 오빠의 두루마기를, 그 등을 봤다.

'오라버니는 노촌 사람들 누구보다도 공부를 많이 했다. 양반님의 성도 받았지. 그리고 형평운동처럼 훌륭한 일도 하고. 근데도, 근데도 백정의 아들이란 이유 하나로······.'

그 이유 하나로 저런 일을 당해야 하는 것일까. 김열섬은 아무것도 하지 않는다. 김돌섬이 아들을 보통학교에 입학시켰지만 졸업을 하지 못한 것은 노촌에서도 유명한 이야기였다. 김열섬이 학교에서 다른 학생들에게 폭력을 휘두르고, 6년이 지나도록 언문도 제대로 읽지 못할 정도로 공부를 하지 않아서였다. 아무리 생각해도 김열섬이 대송 오빠보다 잘난 점이라고는 하나도 없다. 오직 양민의 아들이라는 것 빼고는. 그런데도, 그런데도 이런 일이 일어나는 것이 당연한 걸까.

'세상이 바뀌긴 할 것이냐.'

찌그러진 갓을 만지작거리는 동안 내 걸음은 점점 느려졌다.

오름 아저씨의 집으로 가니 춘앵은 기절하듯 잠들어 있었다. 대송 오빠는 춘앵의 약을 지어 오겠다며 다시 집을 나섰다. 나는 마루에 등을 대고 주저앉았다. 배며 얼굴이며 이곳저곳이 욱신욱신 아팠다.

뺨에 끈적끈적하고 차가운 것이 와 닿았다.

"별아, 너 뺨이 퉁퉁 부었어."

광대가 손가락에 고약을 묻혀 내 뺨에 발랐다. 나는 광대가 약을 다 바를 때까지 잠자코 앉아 있었다. 광대는 약을 다 바르고는 내 옆에 앉았다.

"맞았어?"

"응."

"울었어?"

"그런 걸로 안 운다니깐."

광대와 나란히 앉은 것도, 말을 나눈 것도 무척 오랜만이었다. 나는 광대에게 묻고 싶은 게 엄청 많았다. 곽 훈장의 수업은 계속되고 있는지, 오름 아저씨는 여전히 광대에게 화를 내고 있는지, 왜 내게 집에 오지 말라고 한 건지, 일본 여자애와는 무슨 일이 있었는지, 그 여자애가 아주 그림을 잘 그린다는 것은 아는지, 왜 일부러 일본인 앞에서 오줌을 쌌는지, 그렇게까지 결혼을 하고 싶지 않았던 것인지 등등. 하지만 나는 무엇도 묻지 않았다. 마루 아래에서 나와 광대의 다리가 나란히 흔들리는 것을 가만히 보기만 했다.

"너, 나 안 보고 싶었어?"

광대가 내게 불쑥 물었다. 나는 다리에서 눈을 떼고 광대의 옆얼굴을 봤다. 오랜만에 보는 광대의 얼굴이 묘하게 낯설었다.

내가 무어라 대답하기도 전에 대문이 열렸다.

"노촌이 떠들썩하던데 무슨 일이……."

오름 아저씨가 집에 들어오다가 나와 광대를 보더니 멈칫, 마당에 섰다. 오름 아저씨의 이마에 깊은 주름이 한 줄 잡혔다. 아저씨는 내 앞으로 와 서더니 무서운 표정으로 말했다.

"두메야, 너 내가 했던 말 못 들었니? 오지 말라고 했지."

"……죄송합니다. 내 인자 갈 겁니다."

나는 마루에서 내려와 신을 꿰어 신었다.

"광대는 일본인과 결혼할 거란다. 다른 집과 이야기가 오가고 있어."

오름 아저씨가 신을 신는 내 머리 위에서 느닷없는 이야기를 꺼냈다. 나는 신을 다 신고 허리를 펴며 오름 아저씨를 봤다.

"와 내한테 그런 말을 해요?"

오름 아저씨는 내 눈을 피했다. 그리곤 괜히 마루에 앉은 광대에게 소리를 질렀다.

"방에 들어가 있으라고 했지!"

나는 꾸벅 인사를 하고 오름 아저씨의 집을 나왔다. 춘앵이 걱정되었지만 나올 수밖에 없었다. 하지만 집으로 돌아가고 싶지도 않았다. 아버지는 아직도 술에 취해 있을까. 술에 취해 있지 않아도 여전히 내가 경성에 가는 것은 반대할 터였다.

나는 소나무 아래에 앉았다.

'보고 싶었냐니.'

광대는 왜 내게 그런 것을 물었을까.

'쓸데없는 소리. 보고 싶기는 무슨.'

나는 그대로 벌렁 드러누워 새파란 여름 하늘을 봤다. 품 안에서 구슬을 꺼내 햇살에 비춰 보았다. 광대가 말했었다. 바다는 하늘을 뒤집어 놓은 것 같은 곳이라고.

'자유가 뭐냐. 광대야, 니는 알까.'

햇살에 눈이 따가워졌다. 나는 눈을 감았다. 광대와 함께 구슬을 닮은 큰 배를 타고 하늘 같은 바다를 건너는 상상을 했다. 그 바다를 건너면 경성에 도착하는 것이다.

'경성에 가는 거다, 경성에.'

보고 싶었냐고. 사실은 보고 싶었다. 그것도 아주 많이.

신을 던지다

기노시타가 찾아왔을 때 나는 창고 흙벽에 난 촛대 자국을 없애 보려고 애쓰고 있었다.

'벌써 한 주가 지났는데 춘앵은 어째 안 오나. 안즉 많이 아픈 것 인가.'

아버지가 횡포를 부린 탓에 창고는 엉망이 되었고, 돌이 할아버 지는 아버지에게 크게 화를 내었다. 그래도 나는 춘앵이 다시 올 거라고, 백정촌의 수업이 다시 이어질 것이라 믿었다. 하지만 춘앵 은 오지 않았다. "젊은 선생님이 동정심만 가지고 쭉 오기엔 험한 곳인게." 백정촌 어른들은 춘앵이 백정촌에 질렸을 거라고 했다.

그래도 아이들은 창고를 치웠다. 일하러 가기 전에 시간을 내서 조금씩 치웠다. 바닥에 흩어진 지푸라기를 줍던 을이가 내 옆으로 다가왔다.

"언니야, 이젠 선생님 안 오나?"

나는 뭐라 대답해야 좋을지 알 수 없었다. 무작정 올 거라고 대답할 수가 없었다. 백정촌 아이들은 노촌 아이들보다 훨씬 빨리 철이 든다. 더 빨리 많은 걸 포기하는 법을 배운다. 을이는 여섯 살이다. 백정의 딸로 사는 것이 어떤 것인지 이미 깨달았을 나이다. 그럼에도 불확실한 희망을 줘도 되는 것일까. 나는 말없이 을이의 머리를 쓰다듬었다.

창고 문이 열렸다. 쾅 소리가 나며 험하게. 창고 안에 있던 아이들 대여섯 명의 눈길이 단번에 문 쪽으로 쏠렸다.

"당장 여기서 나가."

문을 군화로 차고 들어온 건 기노시타였다.

"교육령 위반으로 이곳을 폐쇄한다. 앞으로 이곳에서 조선어를 가르치는 것이 적발되면 이 마을 사람들 모두에게 책임을 묻겠다."

기노시타의 말투는 무미건조했다. 기노시타는 창고 안을 둘러보고는 나를 향해 물었다.

"여선생은?"

"몸이 안 좋아 못 나오신 지 꽤 됐지요."

"그렇군."

기노시타는 성큼성큼 창고 안으로 들어와 춘앵이 앉던 창고 위쪽에 놓인 탁자를 발로 걷어찼다. 아버지가 반쯤 부수어 놓은 것을 아이들이 얼기설기 맞추어 놓은 거였다. 탁자 안에 넣어 두었던 춘앵의 책이 창고 바닥에 몽땅 흩어졌다.

"하지 마시오!"

을이가 기노시타에게로 달려가 발에 매달렸다.

"을아, 안 된다!"

나는 깜짝 놀라 손에 들고 있던 천을 내동댕이치고 을이에게 달려갔다. 순사에게 대들면 당장 칼에 난도질을 당한다거나, 감옥에 끌려간다거나 하는 소문이 파다했다. 기노시타는 자신의 다리에 매달린 을이를 사정없이 걷어찼다. 을이가 창고 바닥에 나동그라졌다. 기노시타는 바닥에 흩어진 책을 주워 들었다.

"이것들은 압수다. 여선생이 오면 다시는 불법 수업을 하지 말라고 전해."

기노시타는 뒤도 안 돌아보고 창고를 나갔다. 을이가 그제야 울음을 터뜨렸다. 나는 기노시타를 쫓아 나갔다. 용기가 쉬이 나지 않아서 산길이 끝나갈 때까지 따라가기만 했다. 다리 앞에서 기노시타가 인상을 쓰며 뒤돌아봤다.

"왜 따라와? 혼날래?"

"와 갑자기 안 됩니까? 예전엔 된다고 했잖아요!"

나는 두 주먹을 불끈 움켜쥐고 기노시타를 봤다. 목소리가 염소처럼 볼품없이 떨렸다. 기노시타의 얼굴을 정면으로 마주 본 것은 처음이었는데 의외로 젊어 보였다. 나이가 많아 봤자 대송 오빠 또래가 아닐까 싶었다.

"나는 명령이 내려오는 대로 따를 뿐이야."

"명령? 누가 그따위 명령을 합니꺼?"

"그 여선생하고 대송인가, 그 사람이 몸담고 있는 단체가 청년단 비위를 건드린 것 같던데. 이 근처에서 청년단을 건드리다니. 그 사람들도 그렇고 너도 그렇고 참 겁도 없다. 내가 경성에 놓고 온 여동생이 꼭 네 또래라 봐주는 거다. 다른 순사한테 이러면 너 쥐도 새도 모르게 죽는다."

기노시타가 허리춤에 찬 칼이 자꾸만 눈에 들어왔다. 안 보려고 해도 자꾸 눈알이 힐끔힐끔 그쪽으로 향했다.

"그래도 기세는 썩 나쁘지 않네. 그래. 그렇게 아등바등 발버둥 쳐서 위로 올라가라. 나는 너 같은 애들은 썩 좋아한다. 조선인들은 상향심이 없어. 위로 안 올라가려고 하니 이런 촌구석에서 계속 땅이나 파면서 빌빌거리지. 야, 잘 들어라. 조선어 같은 거 공부해 봤자 아무 쓸모 없어. 일본어를 해. 어차피 이제 조선은 일본 것이 아니냐. 일본어를 못하면 성공 못 한다. 보통학교에서도 일본어를 국어로 가르친다고."

"조선이 아니라예."

나는 마른침을 삼키고 있는 용기를 모두 끌어 올렸다.

"대한제국이라 했어요!"

"누가? 그 잘난 여선생이?"

기노시타는 히죽 웃었다.

"조선이든 대한제국이든 무슨 상관이야. 다 망했는데. 백성한테 남의 나라 말 쓰게 하고, 부모가 지어 준 이름 바꾸게 만드는 게 무슨 나라냐. 어차피 이 세상, 돈이 있으면 양반이고 없으면 노예나 진배없어. 내 말 잘 새겨들어라. 돈이 최고야. 그리고 여선생한테도 전해. 김열섬이 가만 안 둔다고 떠들고 다니니깐 설치지 말고 얌전히 굴라고."

기노시타는 몸을 돌려 다리를 건넜다. 돈이 최고라던, 돈만 있으면 양반도 될 수 있다던 오름 아저씨의 말이 떠올랐다. 오름 아저씨와 기노시타의 말은 같은 것일까 싶었다.

'돈만 있으면 된다고?'

오름 아저씨는 돈이 있어도 광대를 학교에 보내지 못했다. 대송 오빠도 돈이 없어서 갓끈이 잘린 것이 아니다. 내게 구슬을 주었던 일본인 여자애는 돈이 많은 집 딸 같았다. 옷이며 가마며 동화책까지 고운 것만 가지고 있었으니깐. 하지만 그 여자애는 조금도 행복해 보이지 않았다.

'돈이 있으면 많은 게 가능하지. 하지만……'

정말로 중요한 건 그것뿐일까. 나는 다리 건너를 계속 바라보았다. 다리 건너에서 기적처럼 춘앵이 건너와 주면 얼마나 좋을까 싶었다. 하지만 한참을 서 있어도 춘앵은 나타나지 않았다. 나는 춘앵에게 물어보고 싶은 것이 너무나 많았다.

'읍에 있는 회관에 가면…… 춘앵을 만날 수 있을 거야.'

춘앵과 형평사 사람들이 머물고 있다는 회관이 떠올랐다. 하지만 읍에 혼자 갈 수 있을까. 백정촌 사람들은 장이 설 때가 아니면 읍에 잘 가지 않았다. 여자끼리, 아이끼리 가는 것은 사실상 금지였다. 잘못하면 산적에게 잡혀가서 유곽에서 살게 된다고 어른들이 겁을 줬다. 그래서 나도 이제껏 혼자서는 읍에 가 본 적이 없었다.

나는 치맛자락 끝을 찢어 신고 있던 짚신을 꽉 동여매었다. 백정 촌에서 읍까지는 걸어서 세 시간이 넘게 걸릴 터였다.

'가다가 달구지라도 얻어 탈 수 있으면 좋을 텐데.'

나는 하염없이 걷기 시작했다.

*

"저기가 회관이다. 근데 니 꼬질꼬질해가……."

읍에 도착했을 때 내 얼굴과 목은 땀으로 범벅이 되어 있었다.

형평사 사람들이 묵는 회관이 어딘지 가르쳐 주던 아저씨는 코를 막으며 얼굴을 찌푸렸다. 애들 몇몇이 내 뒤를 졸졸 따라오며 키득키득 웃었다.

"거랭이 새끼다."

"백정 가시나야. 니 엎드려 기어 봐라."

애들이 내게 돌을 던졌다. 그래도 나는 고개를 숙이지 않았다. 춘앵이 말했던 것처럼 꼿꼿이 허리를 펴고 회관 앞으로 갔다. 회관은 큰 2층 건물이었다. 붉은 벽돌 건물이었는데 현관에도 지붕이 세워진 모습이 인상적이었다. 경사 급한 지붕 모양까지 모든 게 신기한 건물이었다.

'이게 말로만 듣던 일본식 집인가.'

회관을 중심으로 인력거가 왔다 갔다 하는 큰길가에 들어선 건물들은 대부분 벽돌로 지어져 있었다. 일본 옷을 입고 돌아다니는 사람도 많았다. 나는 회관 문을 당겨 보았다. 열리지 않았다. 문을 두드려도 안에서는 아무런 반응이 없었다. 결국 나는 문 옆에 쪼그려 앉았다.

'춘앵을 만나면 뭐라고 하지?'

나는 너덜너덜해진 짚신에서 삐져나온 지푸라기를 잡고 손끝으로 빙빙 돌렸다. 춘앵을 만나고 싶다는 생각 하나로 세 시간을 걸어왔지만 정작 만나면 무슨 말을 해야 할지 알 수가 없었다. 기노시타가 책을 몽땅 가져갔다고 할까? 아니면 백정촌에 언제 다시 올 거냐고, 꼭 다시 와야 한다고 매달릴까? 내 눈앞을 왔다 갔다 하는 읍내 사람들의 옷차림은 전부 깨끗했다. 내 옷차림은 땀에 젖었고 냄새난다는 것, 머리카락이 더럽다는 것을 새삼스럽게 깨달았다.

백정촌이나 노촌이나 아이들의 차림새는 크게 차이가 없으니 이제껏 신경 쓴 적이 없었다. 그 차림새가 어딘가에서는 아주 부끄러울 수도 있다는 것을 처음 알았다. 백정 여자애들 치마에 달려 있는 검은 천 조각처럼 주변 사람들과 다른 옷차림은 그 자체로 하나의 표식이었다. 그 다름이 '너는 여기에 있으면 안 돼'라고 말하는 것만 같았다.

'경성은 어떨까. 경성도 이럴까. 경성에 가면…… . 나는 경성에 가도 되는 걸까.'

품 안에 넣어 둔 구슬이 갑자기 묵직하니 무겁게만 느껴졌다.

"협조를 안 하겠다는 것이 뭔 소립니까."

"일본 아들을 무시하고는 진행이 불가능합니다. 청년단 사람들이 신흥 청년회가 연설을 하면 자기들도 반드시 연설을 해야겠다고 고집을 부립니다."

"그거참. 그자들이 무슨 연설을 할지 알고 자리를 내어 주나. 그자들, 우리를 불만스럽게 여기는 것을 감추지를 않더만."

"미리 연설문을 내 달라 할까요?"

회관 문이 열리고 익숙한 목소리가 사람들 틈에 섞여 들렸다. 나는 자리에서 벌떡 일어났다. 대송 오빠가 사람들과 함께 회관 안에서 나오고 있었다. 대송 오빠의 목소리가 너무나도 반가웠다. 나는 앞으로 뛰어나갔다.

"저기요!"

대송 오빠가 나를 봤다. 순간적으로 오빠의 눈썹이 잠깐 위로 추켜 올라가는 것을 나는 분명히 봤다. 오빠는 슬그머니 옆으로 고개를 돌려 내 눈을 피했다. 오빠를 오빠라고 불러서는 안 된다는 것이 그 행동 하나로 퍼뜩 떠올랐다.

"니는 누구고?"

"어서 온 가시나고? 여는 니 같은 아가 올 곳이 아니다."

대송 오빠와 함께 있던 남자들이 나를 내려다보았다. 나는 오빠를 봤다. 오빠는 여전히 나를 보지 않았다. 오빠의 모든 행동이 나를 질책하는 것만 같았다. 왜 여기 왔냐고. 쥐구멍이 있으면 들어가고 싶을 만큼 부끄러워졌다.

'오라버니도 백정 가시나를 동생이라 하긴 창피한 것이지. 백정은 그런 것인가. 창피하고 숨어야 하는 사람 아닌 것. 내가 와 여기까지 왔나.'

읍에 혼자 걸어오는 동안은 아무 생각이 없었다. 그저 읍까지만 가면, 춘앵만 만나면 모든 일이 다 해결될 것 같았다. 그러나 이젠 알았다. 나와 춘앵은 다른 세상에 사는 사람이었다. 대송 오빠도 마찬가지였다. '형평'이란 두 글자는 나를 위한 것이 아니었다.

"지는요⋯⋯."

"두메야, 어떻게 여기까지 왔어?"

남자들 뒤에서 춘앵의 목소리가 들렸다. 춘앵이 회관에서 나와 서는 내 앞에 섰다. 춘앵은 내 얼굴을 살피더니 허둥지둥 회관 안으로 들어가 바가지에 물을 퍼 왔다.

"입이 바짝 탔네. 거기서 여기까지 어떻게 왔니?"

"걸어왔어요."

"이 더위에? 어찌 그랬어."

"선생님이 계속 안 오시니깐, 걱정이 되어 가지고⋯⋯."

나는 춘앵이 건네주는 물을 꿀꺽꿀꺽 마셨다. 바가지에서 흘러내린 물이 손등을 적시고 발아래로 떨어졌다. 춘앵이 내 손을 잡더니 손수건으로 손등을 문질러 닦았다. 나는 슬그머니 손을 뺐다.

"더러워서."

"뭐가 더럽니. 미안해. 금방 가려고 했는데 허리를 심하게 삐어서 꼼짝을 할 수가 없었어. 그래도 이젠 괜찮단다. 오늘이나 내일쯤 가려고 했는데 두메, 네가 찾아올 줄이야."

춘앵과 마주 서서 이야기를 나누니 내가 있어야 할 곳에 제대로 온 듯한 안도감이 몰려왔다.

"박 선생, 그 아이 아나?"

남자들이 춘앵을 향해 물었다.

"제가 가르치는 애입니다. 제자인 셈이지요. 백정촌에 삽니다.
우리의 동료지요. 두메야, 여기 어른들이 형평운동을 하시는 분들
이다. 인사드려라."

나는 꾸벅 고개를 숙였다. 남자 어른들은 어흠, 헛기침을 했다.
춘앵의 눈썹이 화가 난 듯 살짝 추켜 올라갔다. 나는 춘앵의 손을
잡아끌었다.

"샘님, 순사가 와서는 책을 다 가져갔어요. 애들이 샘님이 안 오
니깐 불안해서 웁니다."

"……그래. 지금 같이 가 보자. 아직 내가 말은 못 타니깐 인력거
를 잡아야겠다."

춘앵이 내 손을 꽉 잡고 남자들에게 등을 돌렸다. 뒤에서 남자들
이 혀를 차는 소리가 들려왔다.

"하여간 박 샘님은."

"저렇게 사소한 것보다 운동 자체를 성공시킬 생각을 해야 하는
거 아니겠나."

"내 그랬지. 여자는 안목이 좁아서 못 쓴다고. 여성 대원이 대회
에 나오기는 안즉 이르다 안 했나."

"기념회 이전에 떠나라 해라. 문제 생기기 전에."

남자들의 말소리는 컸다. 흡사 춘앵이 들으라는 듯이 목소리를 돋아 떠들었다. 그중에는 대송 오빠의 목소리도 껴 있었다.

큰길가에 서서 인력거를 잡다가 춘앵이 내게 불쑥 말했다.

"미안하다, 두메야."

"뭐가요?"

"어른들이 못나서."

인력거가 와 섰다. 처음 타 보는 인력거였다. 바람이 얼굴을 스치는 것이 매우 기분 좋았다.

'미안할 게 뭐 있나. 와 춘앵이 내게 미안타 하나.'

나를 아프고 분하게 만든 사람들 중 누구도 내게 사과하지 않는데 왜 춘앵이 내게 사과를 하는 걸까. 인력거는 내 걸음과는 비교도 안 될 정도로 빠르게 읍에서 멀어졌다. 한천까지 채 한 시간밖에 걸리지 않을 것처럼 인력거꾼은 훨훨 나는 듯이 뛰었다. 너무 빨라 어지러울 지경이었다.

인력거에서 내렸다. 춘앵이 인력거꾼에게 셈을 하는 사이, 나는 어지럼증을 가라앉히려 크게 기지개를 켰다. 그러다 다리 위에 서 있는 막송이를 봤다.

'쟤가 와 저깄나? 아직 도사에 있어야 할 때인데.'

막송이는 손에 무언가를 들고 다리 아래를 노려보고 있었다. 아무래도 걱정이 되었다.

"야아, 막송아!"

나는 하천 아래에서 막송이를 불렀다. 막송이는 듣지 못한 듯 꼼짝하지 않았다. 나는 춘앵을 뒤에 둔 채 서둘러 다리로 뛰어 올라갔다.

"막송아, 니 뭐 하나."

"누나······."

막송이는 한 손에 가죽신을 들고 있었다. 칼로 난도질을 한 듯 너덜너덜하고 여기저기 상처가 나 있는 가죽신이 낯익었다. 마을 사람이라면 그 가죽신을 모를 수가 없었다. 김돌섬의 것이었다. 김돌섬은 가죽신을 아주 애지중지했다. 비가 올 때에 신는 것이 가죽신인데, 정작 비 오는 날에는 신발이 더러워진다고 신지 않았다. 날이 맑을 때에 가끔 신고서 다리 건너까지 왔다 갔다 괜스레 걷곤 했다. "이것이 양반님이 내려 준 가죽신이다, 이거여"라고 큰소리로 떠들며 걸었다. 김돌섬이 사노비에서 해방되고 '김'이란 성을 사용해도 된다고 허락을 받았을 때, 주인이었던 양반이 가죽신을 줬다는 거였다.

백정촌 사람들은 그런 김돌섬의 행동을 유치하다고 비웃었다. "그깟 가죽신 우린 열 켤레도 뚝딱 만드는 걸, 뭐." 하지만 동시에 부러워했다. 백정은 가죽신을 신을 수 없었다. 머리 쪽을 지고 광목으로 된 옷을 입을 수 없듯이 가죽신을 신는 것 또한 금지였다. 가죽신을 만드는 것은 백정의 특기였기에 더욱 입맛을 쓰게 만들었다.

그 가죽신을 왜 막송이가 들고 있는 것인가 싶었다.

"니 그거 김돌섬 것 아니가?"

"맞아. 내가 훔쳐 왔다."

"미쳤나!"

나는 막송이의 어깨를 철썩 때리고 가죽신을 빼앗으려 했다. 하지만 막송이는 신발을 꽉 움켜잡은 채 나를 노려봤다.

"뭐가! 이 작자가 아지 누나에게 치근거린단 말이다!"

"아지를?"

"두메 누나는 암것도 모른다. 아지 누나가 식구들 걱정한다고 참고 말을 안 하니깐 아무도 모른다! 그 늙은이가 아지 누나와 마주칠 때마다 어쨌는지 아나! 손잡을라 하고, 자기한테 시집오라 하고, 막 얼굴 들이밀고 그랬다. 자기가 이래 관심 가지는 걸 백정 가시나가 영광으로 알라고 하면서!"

"뭣이?"

기가 막혔다. 아지는 이제 열한 살이다. 백정촌 여자애들이 결혼을 빨리하는 편이라 해도 열다섯 살은 넘기고 하는 것이 보통이었다. 노촌 여자애들은 열일곱, 열여덟 살이 되어야 머리를 올렸다.

열한 살짜리는 누가 봐도 어린애였다. 그런 아이에게 쉰 살 넘은 남자가 치근덕거리는 것이 흔한 일은 아니었다.

"게다가 오늘은, 오늘은!"

막송이는 분을 못 이기고 씨근덕거렸다.

"그놈이 산에까지 기어 올라와서는 누나가 열매 따는데 뒤를 졸졸 쫓아다녔다 하더라. 그럼서 자꾸만 누나 치마를 잡아당기고. 누나가 하지 말라 하고, 다른 누나들도 다 편을 들어서 쫓아내려 하니깐 갑자기 역정을 냈다 안 하나. 그러면서 왜 아지 누나가 치마에 검은 천을 안 달았냐고, 백정 가시나가 와 노리개를 하고 다니냐고, 누나가 저고리 춤에 달고 다니던 노리개를 잡아 뜯었다 하더라. 대송 형님이 준 것 말이다. 그거를 안 뺏기려고 누나가 잡고 버텼는데 어찌 남자 힘을 이기겠나. 노리개를 뜯어 갔단다. 그 와중에 아지 누나 치마도 벗겨지고. 그거를 보고는 니 이젠 시집 다 갔으니 내한테 올 수밖에 없다고 이죽거리고 갔다 하더라! 누나가 너무 놀라 갖고 제자리에서 꼼짝을 못 하니까는 누나 동무들이 도사로 나를 부르러 왔다."

"······그래 갖고 니는 노촌까지 가서 김돌섬 신을 훔쳐 왔고?"

"맘 같아서는 콱 그 늙은이 배에 칼을 쑤셔 넣고 싶었다. 그렇지만 석송 형님이 만날 그러잖아. 백정 칼은 사람 겨누면 안 된다고. 그래서 안 했다. 대신에 이거, 그 늙은이가 아끼는 것이니깐."

막송이의 작은 몸이 부들부들 떨렸다.

"이래도 내가 참나? 내 누나를 못살게 굴어도 나는 백정이고 어리니깐 그냥 참아야 하나?"

"아지는?"

"집에 있다."

"그거 이리 내."

나는 막송이의 손에서 가죽신을 빼앗아 들었다. 그러곤 그대로 강으로 던져 버렸다.

"누나⋯⋯."

"내가 그런 거다. 막송이 니가 한 게 아니다."

다리 아래에서 춘앵이 나를 불렀다. 나는 막송이의 손을 붙잡고 다리를 건너갔다. 막송이가 킁, 콧물을 들이마셨다. 막송이는 산길을 올라가는 내내 훌쩍거렸고, 나와 춘앵은 그것을 모른 척했다. 울지 말라거나 얼굴을 닦아 준다거나 하면 막송이는 오히려 울지 못할 테니깐. 나는 막송이가 울고 싶을 때는 울 수 있기를, 계속 그러기를 바랐다.

노촌 대 백정촌

✿

✦

춘앵이 백정촌에 들어서자 아이들이 우르르 춘앵 곁으로 몰려
들었다. 춘앵과 함께 창고 안을 둘러보는데 바깥이 시끄러워졌다.

"당장 나와라! 콱 다 쓸어 버리기 전에!"

김돌섬의 목소리였다. 나와 춘앵은 창고 밖으로 나왔다. 김돌섬
이 한 손에 곡괭이를 들고 마을 입구에 서 있었다. 김돌섬의 옆에
는 김열섬이 삽을 들고 서 있었다. 다른 사람들도 낫이며 몽둥이
를 들고 살기 어린 표정으로 백정촌을 노려보고 있었다. 백정촌
어른들은 모두 일을 나가고 아이들 몇몇만 남아 있는 상황이었다.

"내 가죽신 가져간 망할 놈, 당장 튀어나와라!"

김돌섬이 마을 안으로 뛰어 들어왔다. 김돌섬은 거침없이 우리

집 앞에 가 섰다. 김돌섬이 방문 고리 잡는 것을 보고 나는 창고에서 뛰쳐나갔다. 김돌섬이 방문을 여는 순간, 나는 김돌섬의 손목을 움켜잡았다. 방 안에는 아지가 막송이를 이불로 둘둘 둘러싸고 안고 있었다. 막송이가 이불 안에서 발버둥 쳤다.

"놔라, 누나야! 내 저 늙은이가 한 일 다 말해 버릴 거야!"

"저 사람들은 뭐라 말해도 우리 말 안 듣는다."

"왜, 우리가 백정이라서?"

막송이의 울부짖음이 방 밖으로 새어 나왔다. 김돌섬이 팔을 휘둘렀다. 나는 버텼다. 이대로 김돌섬이 방으로 들어가게 둘 수는 없었다.

"가시나야, 뒤질래!"

"남의 집을 왜 들어가는데!"

"저것이 내 신 훔쳐 갔다. 다들 들어 봐라. 여 도둑 새끼가 있다. 백정 놈들이라고 차별도 않고 마을 근처에 살게 해 주니깐 은혜를 원수로 갚아!"

김돌섬의 말에 김열섬이 삽을 구호봉이라도 되는 듯 휘둘렀다.

"맞다! 신백정이니 뭐니, 백정 놈들이 우리 마을 집어삼킬라고 한데이! 천한 것들이 양반 흉내 내면서 거들먹거리고 돌아다니는 꼴이라니. 돈 좀 벌었다고 잘난 척하는 건 또 어떻고! 다들 정신 단디 차리라. 이러다 우리가 백정 되고, 백정 놈들이 우리 자리 다 차지한다 아인가. 양반 놈들한테 뺏기고 산 것도 서러운데 백정 놈들한테까지 뺏겨야 쓰겠나!"

"맞데이!"

"오름이 그것 일본 놈하고 쿵짝이 맞아서 설치는 것도 보기 싫다!"

"백정 놈들 전부 일본 앞잡이인 것은 아닌가!"

말도 안 되는 소리였다. 하지만 노촌 사람들은 이미 그것을 진실인 양 믿고 있는 듯 보였다. 곡괭이와 몽둥이를 하늘로 뻗으며 입을 모아 외치는 모습에서 광기가 느껴졌다. 그 모습에 얼이 빠져 김돌섬을 잡고 있던 팔에 힘이 빠졌다.

"놔라. 안 놓나, 이 가시나야!"

김돌섬은 그 순간을 놓치지 않고 팔을 휘두르며 몸으로 나를 밀어냈다. 나는 집 마루 아래로 튕겨져 나갔다. 마루 아래 놓여 있던 맷돌이 내 가슴을 찧었다. 엄청난 아픔과 함께 제대로 숨이 쉬어지지 않았다. 나는 바닥에 엎드린 채 헉헉 숨을 몰아쉬었다.

"두메야, 괜찮니?"

춘앵의 목소리가 이상할 정도로 아득히 멀게 들렸다.

"내 가죽신을 훔친 거 니들이 분명타."

"아니어라, 진짜 아니라예."

아지의 떨리는 목소리가 아주 선명하게 들렸다. 나는 억지로 몸을 일으켰다. 김돌섬이 아지와 막송이에게 해코지를 할 것이다. 저 사람들이 백정촌 아이들을 해칠 것이다. 저들에게 백정은 사람이 아니다. 백정조차 소를 죽일 때에는 기도를 하고, 소가 어떤 인생을 살아왔는지를 되짚어 보고, 소와 눈을 맞춘다. 그러나 저 사람들은 백정이 어떤 삶을 살고 있는지 전혀 관심이 없다. 자신들이 우리에게 해 온 차별조차 모른다. 우리의 눈을 보지 않는다.

아지의 비명 소리가 났다.

"선생님. 내 동생들, 내 동생……."

나는 헐떡이며 간신히 말했다. 내 등에 닿아 있던 춘앵의 손길이 사라졌다. 춘앵이 집 안으로 뛰어 들어가는 소리가 들렸다.

"그만두세요!"

우다탕. 요란한 소리가 났다. 곧 춘앵과 김돌섬이 뒤엉켜 마당 한곳으로 굴러떨어졌다. 나는 그제야 숨을 고르고 고개를 들 수 있었다. 춘앵이 김돌섬의 허리를 끌어안고 방에서 밀어낸 모양새였다. 김돌섬은 떨어질 때 어깨를 부딪쳤는지 어깨를 끌어안고 바닥을 데굴데굴 굴렀다.

"아이고. 나 죽는다, 나 죽어!"

"아부지!"

김열섬이 마당으로 뛰어 들어와 춘앵의 뺨을 쳤다. 철썩하는 소리가 울리는 순간 사방이 고요해졌다. 나는 몸을 일으켜 앉았다.

춘앵이 뺨을 한 손으로 감싸고 일어나 섰다.

"여러분은 창피하지 않으십니까?"

춘앵의 말소리는 조금의 떨림도 없이 뚜렷했다.

"증거도 없이 어른들이 아이들만 남아 있는 곳에 와서 이런 행패라니!"

사람들은 춘앵과 눈을 마주치지 않았다. 춘앵이 하는 말도 듣지 않았다.

"진주에서 온 양반들하고 같이 온 샘님 아닌가."

"아무리 그래도 양반 아씨 뺨을 치면 어째……."

사람들은 김열섬이 춘앵의 뺨을 친 것에 무서워하고 있을 뿐이었다. 몇몇은 손에 들고 있던 것을 슬그머니 내려놓고 뒷걸음질했다.

"야아, 건방지게 굴지 말어."

김열섬이 춘앵을 마주 보고 서서는 팍 인상을 썼다.

"다들 잘 들어라. 이 가시나, 여염집 규수가 아니다! 기생이다!"

덜컹, 가슴이 내려앉았다.

'저 자가 어떻게 알았나?'

춘앵이 내게만 말해 준 비밀이었다. 그것을 어떻게 김열섬이 알게 된 것인가. 순간 기노시타가 내게 했던 말이 떠올랐다. '여선생한테도 전해. 김열섬이 가만 안 둔다고 떠들고 다니니깐 설치지 말고 얌전히 굴라고.' 기노시타가 내게 겁을 주려고 한 말인 줄만 알았다. 그게 김열섭이 춘앵의 뒤를 파고 다닌 것을 의미하는 것이었다면……. 김열섭은 청년단 회원이니 춘앵에 대해 알아보려고 작정했다면 모를 이유가 없었을 터였다. 춘앵에게 다리 위에서 행패를 부렸을 때부터 알아봤어야 했다.

"기생? 기생이라고?"

"세상에……. 기생이 양반 아씨인 척한 긴가?"

"감히 기생이 아들을 가르쳐?"

사람들이 웅성거렸다. 사람들은 분에 찬 얼굴로 한발 한발, 백정촌 안으로 들어와 우리 집을 둘러싸고 섰다. 있으나 마나 한 낮은 담벼락 너머로 사람들이 돌을 집어 드는 것이 보였다.

"건방진 가시나!"

돌이 날아들었다. 마당에 의연하게 서 있던 춘앵이 돌을 맞았다. 나는 무릎으로 기어 춘앵의 옆으로 갔다. 춘앵은 허리를 굽히지도 않고 날아오는 돌을 모두 맞고 서 있었다. 돌이 춘앵의 안경을 때렸다. 땅바닥으로 떨어진 춘앵의 안경을 김열섭이 발로 밟아 으스러뜨렸다.

"그만해, 그만하소!"

나는 외쳤다. 하지만 내 외침은 성난 사람들의 웅성거림에 파묻혔다. 창고 안에서 아이들이 달려 나왔다. 한 아이가 사람들 몰래 마을 밖으로 나가는 것이 보였다. 아이들은 춘앵의 앞을 울타리처럼 가로막고 섰다.

"그만하소!"

"우리 선생님한테 와 이래요!"

하지만 사람들은 돌팔매질을 멈추지 않았다. 아이들의 얼굴에 붉은 멍이 생겨났다. 그때까지 꼿꼿이 서 있던 춘앵이 허리를 굽혀 다급히 애들을 감싸 안았다. 돌은 춘앵의 정수리와 허리로 떨어졌다. 김열섬이 바닥에 굴러떨어진 몽둥이를 집어 들고 춘앵을 향해 휘두르려 했다.

"그만하소!"

김열섬의 팔을 붙잡은 건 돌이 할아버지였다. 돌이 할아버지 뒤로 어머니가 숨을 헐떡이며 노촌 사람들 앞에 무릎을 꿇는 것이 보였다. 나는 그것이 정말로 보기 싫었다. 하지만 어머니의 뒷모습에서 눈을 뗄 수가 없었다. 구부정한 등이 완전히 앞으로 숙여졌다.

"소인이 아들을 꾸질 터니 그만 돌아가 주이소."

돌이 할아버지도 무릎을 꿇었다. 꾸물꾸물 몸을 일으킨 김돌섬이 돌이 할아버지의 등을 걷어찼다.

"내는 이렇게 못 간다. 내 신 돌려줘. 아니면 저 가시나를 내어 놓던가."

"아지는 아직 머리 올릴 나이가 아닙니다."

"백정 가시나 주제에 그런 게 뭐 중요하나."

돌이 할아버지가 고개를 들고 김돌섬을 지긋이 올려다보았다.

"백정들도 지킬 건 지키지요. 지렁이도 밟으면 꿈틀하는 법이란 거 새기십시오."

돌이 할아버지가 자리에서 일어났다. 어머니도 노촌 사람들을 향해 굽히고 있던 고개를 펴고 내 쪽으로 달려왔다. 어머니는 나와 아이들, 춘앵을 한 팔로 그러모으듯 안고는 속삭였다.

"창고 안에 들어가 있으라."

나는 춘앵을 부축해 일어났다. 그제야 담 너머 마을 주변의 상황이 제대로 보였다. 어느새 도사에서 내려온 백정촌 어른들이 집을 빙 둘러싸고 서서 안을 노려보고 있었다. 그들의 손에는 저마다 작업에 쓰는 도구들이 들려 있었다. 눈도 한 번 깜빡이지 않고 안을 보는 모습에 노촌 사람들은 이미 겁에 질린 듯 서로 등을 딱 붙이고 서 있었다. 손에 들고 있던 돌을 슬며시 바닥에 내려놓는 사람도 있었다.

"우리가 손에 무엇을 들고 있는지 잘 생각하고 결정하소. 갈 것이오, 말 것이오?"

김돌섬의 기세등등함은 금세 사라졌다. 그는 아들에게 곁눈질을 하더니 슬그머니 뒤로 빠졌다. 김열섬은 빠드득 소리가 나게 이를 갈았다.

"이놈들이……. 오냐. 너희 앞으로 고기 팔 수 있나 한번 봐라."

김열섬은 손에 들고 있던 삽을 탕, 소리가 나게 땅에 내팽개치곤 뒤돌아섰다. 김열섬이 앞장서서 집을 나가자 노촌 사람들도 꽁무니가 빠져라 그 뒤를 따랐다. 그때까지도 집을 둘러싼 백정촌 어른들은 장승이라도 된 듯 한 발도 꼼짝하지 않았다.

나는 춘앵을 데리고 창고로 들어갔다. 춘앵은 창고에 들어가 앉자마자 정신을 잃고 무너지듯 옆으로 쓰러졌다. 춘앵의 얼굴 곳곳이 시퍼렇게 부어올라 있었다.

'내가 괜히 선생님을 부르러 가서 이 꼴이 됐다.'

김돌섬의 신발을 버린 것은 전혀 후회되지 않았다. 그러나 춘앵을 이 일에 휘말리게 한 것은 후회가 되었다. 나는 치마를 벗어 춘앵에게 덮어 주고 창고 벽에 기대어 앉았다.

'아지는 괜찮나. 어무이는, 어무이는…….'

밖은 여전히 소란스러울 터인데 창고 안은 너무나 고요했다. 작은 창으로 여름 햇살이 떨어지며 긴 빛줄기를 만들어 냈다. 그 빛줄기의 끝을 바라보고 있자니 눈꺼풀이 무거워졌다.

나는 깜빡 졸았다.

길게 잔 것 같지는 않았는데 긴 꿈을 꾸었다. 꿈속에서 나는 반짝반짝 빛나는 바다 위에 있었다. 인력거를 타고 바다 위를 날고 있었다. 머리가 바람에 마구 휘날렸다. 내 옆에는 누군가 앉아 있었는데 내 머리카락 때문에 얼굴이 보이지 않았다. 한참 바다를 보다가 옆에 앉은 사람이 누구인지 궁금해졌다.

'어머니? 아지? 오라버니? 일본 가시나? 아니면 설마 춘앵? 그것도 아니면······.'

고개를 돌렸다. 순간 잠에서 깨어났다.

"먹어라."

기름진 냄새가 코 안으로 스미어 들어왔다. 어머니가 내게 그릇을 내밀고 있었다. 고깃국이었다. 명절에도 먹기 힘든 고깃국이 대접 한가득 담겨 있었다. 고기 덩어리도 하나 큼직하게 들어 있었다. 이게 웬 것인가 싶어 어머니를 마주 보았다. 어머니는 내 손에 대접을 쥐여 주고는 뒤돌아 앉아 춘앵에게도 그릇을 내밀었다.

"샘님도 드십시오."

창을 통해 떨어지던 빛은 어느새 사라져 있었다. 어두운 창고 안을 비추는 건 촛불의 일렁임뿐이었다. 나는 후루룩, 국을 들이켰다. 속이 따뜻해졌다.

"어무이, 아지랑 막송이는?"

"잔다. 해 진즉에 졌어. 선생님도 그렇고, 니도 그렇고. 좀처럼 안 일어나서 일 난 줄 알고 얼마나 놀랐는지 아나."

"화났나?"

"화가 와 났겠나."

어머니는 춘앵에게 국을 주고는 나를 향해 돌아앉았다. 어머니 뒤로 긴 그림자가 일렁거렸다. 어머니가 내 머리를 쓰다듬었다.

"잘했다. 니는 동생들을 지킨 것이야. 그것보다 장한 일이 있나."

어머니의 손이 닿자 눈물이 나올 것만 같았다. 나는 울지 않으려고 고깃덩이를 건져 올려 입 안에 마구 밀어 넣었다. 우걱우걱 씹었다. 이에 질겅질겅 씹히는 덩어리를 목 아래로 넘겼다. 끄윽, 울음인지 트림인지 모를 것이 밀려 올라왔다.

"어무이."

"와?"

"내는 여기 있기 싫다. 내는……."

그러나 아무리 입 안의 것을 급히 목 아래로 내려보내도, 일그러진 입가로 비죽이 새어 나오는 울음을 완전히 삼킬 수는 없었다.

"내는 여기 아닌 다른 세상에 가고 싶다."

어머니에게 내 속마음을 털어놓고 싶진 않았다. 그 말은 어머니처럼은 살기 싫다는 것과 같은 말이었으니깐. 나는 박성춘의 연설문을 꼬깃꼬깃 접어 가지고 다니는 어머니가 좋았다. 그걸 내게 읽어 달라고 하는, 내가 글을 읽을 줄 아는 것을 뿌듯해하는 어머니가 좋았다. 그렇지만 어머니처럼 내내 허리를 굽히고 땅을 보며 걸어야 하는 것은 싫었다.

"가라."

어머니의 대답은 짧고도 굵었다. 그것뿐이었다. 창고 문이 열렸고 대송 오빠가 급하게 안으로 들어와서 대화는 끊겼다. 대송 오빠가 백정촌에 올 줄은 몰랐다. 예천에 내려온 뒤 한 번도 걸음하지 않았으니깐. 대송 오빠는 나와 어머니는 눈에도 들어오지 않는 듯 춘앵의 앞에 서서 크게 숨을 내쉬었다.

"박 샘님, 와 이러십니까."

"제가 뭘요?"

"이곳에 걸음하지 말라 안 했습니까. 진정 우리 일을 망치려 이러십니까? 박 샘님, 잘 들으십쇼. 이런 것은 전혀 백정을 위한 것이 아닙니더. 이렇게 노촌 사람들하고 문제가 생기면 협회 일이 어려워지고, 백정촌 사람들 생활에도 쉬이 문제가 생깁니다."

"글을 배우고 싶어 하는 아이들에게 글을 가르치는 것이 그리 큰 문제란 말입니까. 형평사의 주요 강령 중 하나가 아이들이 배울 수 있게 하자는 것 아니었습니까?"

"그것은 협회가 사람들하고 이야기를 잘 하여가 정식으로 강습소를 열어 가능케 할 일입니더. 혼자 마구 앞서 나가면 사람들이 불안해할 뿐입니다."

"무엇을요?"

"……."

"대체 무엇을 불안해합니까? 백정이 자신들이 가진 것을 빼앗을 거라는 불안이요?"

"시대가 시대이다 보니 다들 예민할 수밖에 없습니다."

"저는 노촌 아이들도 제 수업에 온다면 말릴 일 없습니다."

"여가 특히나 보수적입니더. 백정 아들하고 함께 수업 받게 안 할 것입니더."

"그것이 무슨 말입니까. 형평사는 신분 차별을 없애고 인재를 길러 내자는 것을 목표로 하지 않았습니까? 애들이 함께 수업받는 것도 못 한다면 그것이 무슨 필요입니까."

"현실과의 타협도 필요한 법입니다."

춘앵과 대송 오빠는 팽팽하게 맞서며 서로 한 발도 물러서지 않았다.

"박 샘님은 암것도 모릅니다. 백정들이 바보라서 당하고만 있는 줄 압니까. 예전에도 말입니더. 갑오개혁이 지나고 신분 해방이 되고도 사람들 처우가 안 변하니깐 백정들끼리 운동을 했습니다. 우리도 갓 쓰고, 옷도 맘대로 입고, 꽃상여도 쓸 것이다 했지요. 길에서 양민 만나도 허리 안 굽히고, 땅 보고 안 걷고, 치마에 검은 표시도 안 붙이고 살겠다고. 우야 된 줄 압니까? 양민들이 싹 단합해서 백정들에게 일거리를 안 줬지요. 고기도 안 사 줬지요. 산 입에 풀칠도 못 하게 해 버렸다 아입니까. 사람들이 얼마나 잔인한지 압니까? 그 사람들은 너무 잘 압니다. 백정들이 손에 든 칼로 결코 지들을 못 해칠 것을. 칼보다 돈이 무서운 것임을 너무나도 잘 아는 겁니다."

"돈보다 중요한 것이 있다는 것을 사람들에게 알려 주어야지요."

"무엇 말입니까?"

"백정들이 하는 일이 결코 천한 것이 아니라는 것을, 일에는 천하고 귀한 것이 없다는 것을 말입니다. 그것이 형평사가 해야 할 일 아닙니까? 그러려면 백정들부터 가르쳐야 합니다. 백정들부터 배워서 자기들 생각을 남에게 말할 수 있어야 합니다."

"누가 그 사실에 반대한다 했습니까. 단지 양민들하고 분쟁이 안 생기게 잘해야 한다는 거 아닙니까. 그리고 당장 도사 문제나 수육 판매 문제처럼 생활적인 측면을 해결하는 것이 우선이라는 것이지요. 됐습니다. 더 이상 말싸움할 것 없습니다. 내 전할 것이 있으니."

대송 오빠가 고개를 내저었다.

"여성 회원의 참여는 아직 이르다고 반대하는 임원이 많습니더. 또한 이번 문제로 사람들에게 형평사 운동에 대한 협조를 구하기 힘들어졌습니다. 그러니 박 샘님은 8월 총궐기대회 이전에 이곳을 떠나시라는 것이 협회의 결정입니다. 그 전에 두 번 다시 백정촌에 걸음을 해서도 아니 됩니다."

"떠나지 않으면요?"

"더 이상 함께할 수 없는 것은 물론, 경성 본부에도 처벌을 알릴 것이오. 박 샘님을 추천한 이 권사님의 얼굴에 먹칠을 하는 것이 될 것입니다."

춘앵은 자리에서 일어났다. 덮고 있던 내 치마를 손에 들고 물끄러미 보다 내게 물었다.

"두메야, 내가 많이 추워서 그러는데 이거 빌려 가도 되겠니?"

"하모요."

"고맙다. 춥구나, 정말 추워. 여름인데도 왜 이리 추운지 몰라."

춘앵은 혼잣말을 중얼거리며 내 치마를 품에 꼭 안고 창고를 나갔다. 대송 오빠는 그제야 나와 어머니 쪽을 흘끔 보았다. 무언가 말하려는 듯 입술을 달싹였으나 아무 말도 하지 않고 춘앵을 뒤따라 나갔다. 어머니는 대송 오빠가 나가는 모습을 멍하니 바라보고만 있었다. 오빠는 끝까지 한 번도 뒤돌아보지 않았다.

비밀 편지

✿

✦

7월 중순, 여름의 더위를 씻어 주는 장마가 시작되었다. 더위가 가신 것이야 좋았지만 백정촌에서 장마는 반갑지 않은 손님이었다. 산기슭에 위치하고 있는 마을을 토사가 내려와 덮치지 않을까 전전긍긍해야 했다. 지붕으로 비가 새고, 길이 흙탕길이 되는 것이야 예사였기에 누구도 신경 쓰지 않았다. 장마가 시작되면 일거리가 줄어드는 것도 걱정이었다. 도사는 장마 때면 일거리가 거의 끊겼는데 이때 소를 잡아도 가죽을 잘 말릴 수가 없어서였다.

"작년에는 마른 더위라 걱정이었는데. 이놈의 비는 와도 걱정, 안 와도 걱정이여."

일거리가 없어도 백정촌은 바빴다. 기슭에 돌을 쌓아 토사를 막아야 했으니깐. 몇몇은 먼 곳으로 품을 팔러 나가기도 했다. 멀리는 울산이나 부산까지도 내려갔다. 항구가 있는 곳에는 언제나 일거리가 있었다. 특히 일본인들이 공장을 많이 세웠고, 정미 공장 같은 곳은 여자들도 일하기 좋다고 소문이 나 있었다. 그들은 백정이든 양민이든 가리지 않고 받아 준다 해서, 백정촌 여자들 중 몇몇은 공장에 취업하겠다고 마을을 떠났다.

돌이 할아버지는 그렇게 함부로 마을을 떴다가는 경을 친다고 영 못마땅해했다. 돌이 할아버지는 백정도 관에서 정한 곳이 아닌 어디든 갈 수 있게 되었다는 것을 잘 이해하지 못했다.

오늘도 아침부터 비가 내렸다.

"인마가 하늘에서 울고 있나 보다."

아지는 마루에 앉아 하늘을 올려다보며 중얼거렸다. 막송이가 아지 옆에 달라붙어 앉아 있었다. 막송이는 비가 오는 게 썩 싫지 않은 눈치였는데 도사에 나가지 않아도 되어서일 터였다.

"인마 이야기 해 주."

"또? 알았다. 옛날에 말이다. 천국에 인마라는 힘센 소가 있었어야. 힘이 아주 세서 하느님의 시중도 들었지. 그런데 인마는 사람이 되고 싶었다. 그래가 하느님한테 빌었데이. 하느님, 하느님. 지는 사람이 되고 싶습니다. 그랬더니 하느님이 땅에 내려가 10년간 사람을 도우면 소원을 들어주겠다고 했데이.

소는 땅으로 내려와서 사람들을 도와 땅을 갈았다. 그런데 10년이 지나도 하느님한테 소식이 없는 기라. 소가 어찌나 화가 났겠나. 그래서 밭을 갈다가 사람을 뒷발로 쳐 가지고 죽여 버렸어. 하느님은 화가 났지. 사람을 죽였으니깐 앞으로는 코뚜레를 꿰어서 죄를 갚을 때까지 사람에게 충성을 다해야 하늘로 돌아올 수 있을 것이다, 하지 않았겠나.

소는 그때부터 사람 일을 돕고, 죽어서도 사람한테 고기랑 가죽이랑 다 주고, 그래야 하늘로 올라갈 수 있게 되었데이. 하지만 하늘로 올라가니 또 사람이 되고 싶은 것이라. 하늘로 올라간 소는 땅을 보면 뚝뚝 커다란 눈물을 흘리게 되었다. 그래가 여름이 되어 굵은 빗방울이 떨어지는 것은 인마가 우는 것이데이. 사람 되고 싶어가."

나는 바느질을 하면서 아지의 이야기를 들었다. 아지는 목소리도 낭창낭창하고 이야기를 맛깔스럽게 잘했다. 이미 알고 있는 이야기인데도 완전 새로운 것인 양 재미있었다. 막송이도 그것을 알기에 아지에게 같은 이야기를 몇 번이고 해 달라고 조르는 것일 터였다.

"하느님이 나쁘다. 인마와 약속해 놓고선 안 지켰잖아. 그래서 인마가 화가 난 것인데 왜 다 인마한테 뒤집어씌우나."

"하느님은 제일 높은 분이니깐 벌줄 사람이 없지."

"불공평하디. 인마는 뭐 좋다고 사람이 되고 싶어 한 거고, 사람이."

"와 사람이 안 좋나."

"내도 사람인데 소보다 나은 게 뭐고."

막송이의 볼멘소리가 자꾸만 바늘 끝에 걸렸다. 바느질을 잠시 멈추고 장대비를 멍하니 바라보았다. 7월이 되고 나서는 광대도, 춘앵도, 간난이도 한 번 만나지 못했다. 그런데 웬걸. 우리 집 쪽으로 철벅철벅 다가오는 저 모습이라니. 분명 간난이였다. 도롱이를 뒤집어쓴 간난이는 품에 무언가를 안고 집 앞에 와 섰다.

"니 어쩐 일이고? 여까지 오고. 들와라."

"됐다. 내 이것만 전해 주고 얼른 가야 해. 아부지랑 오빠가 집 비운 틈에 나온 것이야. 박 샘님이 네게 이것을 꼭 전해 주라고 해서."

간난이는 품에 안고 있던 보퉁이를 담 너머로 건네주었다. 도롱이 아래로 얼핏 보인 간난이의 눈이 통통 부어 있었다.

"니 괜찮나?"

"두메야, 내 있잖어……."

간난이는 무언가 말하려다 말고 한숨을 푹 쉬더니 고개를 가로저었다.

"됐다, 괜찮다. 요즘은 아부지가 기분이 썩 좋아가 때리지도 않고. 그니깐 괘안타, 괜찮고말고. 나 간다. 백정촌 갔다 온 거 들키면 또 혼날 테니."

간난이는 철벅철벅, 금세 마을을 벗어나 내 시야에서 사라졌다.
나는 방 안으로 들어가 문을 닫고 간난이가 준 보퉁이를 풀어 보
았다. 춘앵이 빌려 갔던 치마가 곱게 개어져 있었다. 그리고 치마
사이에 편지 한 통이 끼여 있었다.

두메에게.

두메야, 춘앵 선생님이야. 직접 찾아가지 못해 미안하구나. 상황이
나아지려면 시간이 걸릴 듯하고, 이 소식을 네게 빨리 전하고 싶었단
다. 그래서 간난이라는 친구를 통해 너에게 이 편지를 보낸다.

내가 전에 너에게 경성에 기숙사가 있다는 말을 하였지? 형평사 본
부에서 운영하는 것 말이야. 내가 거기에 너를 추천했어. 여학생이 부
모의 동의 없이 홀로 기숙사에 들어가 공부를 하는 것은 불가능한 모
양이더라. 그래서 후견인을 찾아보았단다. 나도 후견인의 도움으로 공
부를 했거든.

내가 신세를 지었던 교회의 이 권사님이 계시다. 여자아이들 계몽
에 아주 관심이 많은 부인이시란다. 일본에서 공부도 많이 하였고 외
국인 선교사와 결혼을 하신 분이야. 지금은 남편을 따라 영국 국적을
가지고 있으시다. 남편 되시는 선교사분도 대한제국의 독립과 계몽에
헌신하고 계시고, 이 권사님도 그 일을 적극적으로 돕고 있어. 재능

있는 여자아이들을 모아 외국어를 가르치는 일도 그중 하나야. 통역 관을 길러 내려는 것이지. 대한의 사람들이 세계로 나아가서 장한 일을 하고, 대한제국은 일본의 것이 아니라 대한 사람들의 것이다, 외치려면 일단 말이 통해야 한다는 것이 그분 생각이다. 또한 그 발판으로 사람이라면 누구나 좋아할 수밖에 없는 노래가 큰 역할을 할 것이다 여기시는 분이지. 그래서 내 노래의 재능을 보시고 나를 새끼 기생에서 꺼내어 고등교육까지 시켜 주시었다.

이 권사님께 네 이야기를 하니 큰 관심을 보이셨어. 예전부터 형평 운동에 관심이 많으셨단다. 두메, 네가 경성에 오면 기꺼이 후원자가 되어 주신다고 약조를 하셨다. 우리가 당장 만날 수 없어 자세한 이야기를 하지 못함이 안타깝구나.

그러나 이 약속을 보증하기 위해 나의 편지 아래, 이 권사님이 보내주신 성명이 적힌 종이를 함께 보낸다. 잘 가지고 있으렴. 이쪽의 상황이 정리되면 가까운 시일 내 내가 꼭 너를 찾아가마.

두메야, 나는 이 땅의 모든 여자아이들이 행복했으면 좋겠다. 궁금한 것이 많은 두메. 너와 같은 여자아이들이 먼저 용기를 내어 준다면 꼭 그 길이 열릴 것이라 믿는다. 기다려 다오.

박춘앵 선생님이.

'선생님이 내를 잊지 않고 있었다!'

편지를 읽는 동안 가슴이 쉴 새 없이 요동쳤다. 당연히 춘앵이 나를 잊었을 줄 알았다. 백정촌에서 그렇게 험한 일을 당했으니 잊고 싶었을 거라고. 그렇기에 춘앵의 편지가 더없이 소중하게 느껴졌다. 나는 편지를 다 읽고 봉투에 함께 넣어져 있던 빳빳한 종이를 꺼내어 보았다. 거기에는 흘려 갈긴 이름이 쓰여 있었다.

'이것이 나를 경성에 데려가 줄 것이여.'

나는 편지와 종이를 다시 조심스럽게 봉투에 담아 허리춤에 넣었다. 집 어딘가에 놓아두었다가는 아버지에게 들키거나 비에 젖을 위험이 있었다. 몸에 지니고 있는 것이 제일이었다. 하지만 막상 허리춤에 넣으니 종이 바스락거리는 소리가 생각보다 크게 났다. 어쩔 수 없이 다시 꺼내었다.

고민 끝에 속옷 바구니를 열었다. 맨 아래에 일본 여자애가 준 동화책과 그림을 넣어 둔 바구니였다. 속옷이 들어 있으니 아버지가 뒤질 일은 없겠지 싶어 그곳을 비밀 상자로 쓰기로 한 것이다. 아무리 생각해도 이 이상 숨기기 좋은 곳은 떠오르지 않았다. 나는 동화책 아래, 상자 맨 아랫바닥에 편지를 조심스럽게 넣었다. 속옷을 넣고 혹시 비에 젖을까 싶어 바구니 위도 옷으로 덮었다.

"누나야, 비 잠깐 그쳤다. 한천에 물고기 건지러 가자!"

방 밖에서 막송이가 외쳤다.

"알았다!"

나는 다시 바구니 위를 토닥이고 방을 나섰다. 쏟아지던 비가 거짓말처럼 뚝 그쳐 있었다.

"인마가 이제 안 우나 보다. 사람이 되었는가 보다."

사람이 되고 싶다던 인마의 심정을 백정들은 안다.

*

"야아, 말 들었나. 읍에서 큰 잔치가 열린다 하더라."

장마가 끝나 갈 무렵, 토사가 도사 위에 쏟아졌다. 백정촌 사람들은 도사의 흙을 파내는 데 동원되었다. 일당은 없었다. 이것을 빨리 치워야 너희들 일거리가 생길 것 아니냐고, 도사 관리자는 뻗대었다. 옥수수 섞인 조밥 한 덩이가 끼니때마다 나올 뿐이었다. 그것을 흙 치우다 말고 아무 데에나 주저앉아 먹고는 다시 흙을 치웠다.

7월의 마지막 날, 백정촌은 술렁이고 있었다. 토사 때문만은 아니었다. 8월 가까운 날 열린다는 행사에 대한 소문 때문이었다. 형평사 대회가 열린다는 거였다.

"가야, 니는 대송이한테 들은 것 없나?"

"우리도 가도 되는 기가?"

어른들은 아버지 주변을 어슬렁거렸다. 아버지는 묵묵히 밥만 먹었다. 김돌섬이 백정촌에 쳐들어왔던 날 이후로 오빠가 우리 집에 온 적은 없었다.

"가야, 니 벙어리인가. 말 좀 해 봐. 군수까지 다 온다더라."

"내가 어찌 아오!"

아버지는 버럭 화를 내며 손에 들고 있던 밥 덩어리를 땅바닥에 내던졌다. 그러곤 휘적휘적 도사에서 내려가 버렸다.

"야아, 어디 가나!"

"또 집에 가 드러누우려나 보지. 저건 사내놈이 만날 농땡이만 치고."

"놔둬라. 아들이 양반집에 갔다고 글만치 자랑을 했는데, 그놈이 고향 와서는 코빼기도 안 비추니 속이 썩을 만하지."

"무슨. 대송이는 양반 아들이라고 펄펄 우기던 건 지 아닌가?"

사람들이 낄낄 웃는 소리를 들으며 나는 밥을 입 안에 밀어 넣었다. 어머니가 내 옆구리를 찔렀다.

"이거 아부지에게 가져다드려."

어머니가 내민 건 아직 손대지 않은 밥 덩어리였다. 나는 그것을 받아 들고 아버지의 뒤를 따라 집으로 갔다.

"아부지, 이거 밥이요."

방문을 열었다. 아버지는 방 한가운데 우두커니 서 있었다. 아버지의 발아래에 널브러져 있는 옷가지와 뚜껑이 열린 채 뒤엎어져 있는 바구니. 나는 무슨 일이 일어난 것인지 단번에 알았다. 나는 방으로 뛰어 들어가 흩어져 있는 옷 사이를 마구 뒤졌다. 없었다. 바구니 아래 두었던 춘앵의 편지가 어디에도 없었다.

"니, 이것이 뭐냐?"

아버지가 손에 든 것을 내보이며 나를 노려보았다. 편지는 아버지의 손에 들려 있었다.

"와 내 속옷 바구니를 봐요!"

"열어져 있었다. 니 잔말 말고 이기 뭔지 말해라. 이기 그 여선생이 보낸 것이 아니여!"

"아니다."

나는 딱 잡아떼기로 했다. 아버지는 글을 모르니깐 대송 오빠가 보낸 것이라고 우길 생각이었다. 하지만 아버지는 편지를 눈앞으로 들이 올리더니 한 글지씩 또박또박 읽었다.

"춘앵 선생님이야, 라고 쓰여 있는 거 내 못 읽을 줄 아나!"

"……아부지 언문 읽을 줄 아나?"

생각지도 못한 일이었다. 아버지가 글을 읽을 줄 안다니. 오빠에게 편지가 와도 아버지는 한 번도 직접 읽은 적이 없었다.

"니 이거 들고 경성 갈라 그러지."

"아이다."

"거짓말 말아. 가시나가 맹랑해 갔고."

아버지는 양손으로 편지를 잡았다. 설마, 설마……. 마른침이 넘어갔다. 나는 아버지의 손에서 편지를 가져오려 손을 뻗었다. 하지만 아버지는 사정없이 편지를 찢어 버렸다. 조각이 되어 버린 편지가 아버지의 손에서 방바닥으로 하늘하늘 떨어졌다.

"니 다시 이 여선생하고 이딴 거 주고받으면 아주 혼쭐날 줄 알아라."

조각이 나서 바닥에 떨어지는 편지를 보며 나는 그 자리에 굳어 버렸다. 설마 저렇게까지 할 줄은 몰랐다. 왜 저렇게까지 해야 하는지도 몰랐다. 배 안에서 뜨거운 것이 치솟아 올랐다. 이제껏 느껴 보지 못한 화였다. 이걸 화라고 불러도 되는 것인가 싶게 배 안에서부터 머리끝까지 뜨거워졌다.

"와, 와 안 되는데!"

나는 들고 있던 밥 덩어리를 아버지를 향해 던졌다.

"와 내는 안 되는데! 와 나는 공부도 함 안 되고, 경성에 갈 꿈도 꾸면 안 되는데! 내가 백정 딸인 게 무엇이 어때서. 내는 백정 딸, 아부지 딸이기 전에 두메별이여. 두메별이라고!"

나는 소리쳤다. 소리치며 집을 뛰쳐나왔다. 달렸다. 정신없이 뛰었다. 숨이 차게 뛰어 오름 아저씨의 집 앞을 지났다. 하지만 다리를 건널 수 없었다. 노촌으로는 가고 싶지 않았다. 그렇다면 읍으로……. 하지만 춘앵이 보낸 편지는 이제 내게 없었다.

'소중한 편지 한 장 지키지 못했는데 무슨 낯으로 춘앵을 보나.'

무엇보다 내가 또 찾아갔다가 춘앵을 나쁜 일에 휘말리게 하면 어쩌나 겁이 났다. 아버지가 와서 행패라도 부리면, 나 때문에 또 대송 오빠와 춘앵이 말다툼이라도 하면……. 나는 다리 앞에 쪼그려 앉았다. 한참을 앉아 있자니 퍼뜩 한 가지 생각이 떠올랐다.

'……내 힘으로 경성에 가자.'

이거지 싶었다. 춘앵의 신세를 지지 않고 내 힘으로 경성에 가는 것이다. 춘앵이 말해 준 교회와 권사님 이름도 다 기억하고 있다. 직접 찾아가서 도와 달라고 하는 것이다. 나는 자리에서 벌떡 일어났다. 왜 이제까지 이 생각을 못 했을까 싶었다.

'걸어서 읍까지도 갔었다. 까짓 경성을 못 가겠나.'

산을 넘어서 용궁면까지 가는 것이다. 그곳에 가면 경성으로 가는 사람들이 많을 테니 무엇이든 얻어 탈 수 있을 것이다. 얻어 타지 못하면 걸어서라도 갈 것이다. 돈은 없지만 무엇이든 일거리를 구할 것이다. 잠이야 아무 데서나 자면 되니깐. 생각하면 할수록 못 할 것 없겠구나 싶었다.

"그래! 간다, 가는 거다!"

나는 자리에서 벌떡 일어났다. 그리고 그제야 다리 한가운데에서 누군가 울고 있다는 것을 알았다. 간난이였다. 간난이는 다리 한가운데 쪼그려 앉아 훌쩍거리고 있다가 내가 일어나자 놀란 듯 눈을 둥그렇게 뜨고 뒤돌아보았다. 간난이도 그때까지 내가 건너편에 있다는 것을 몰랐던 모양이었다.

"니 왜 또 우나?"

내가 묻기 무섭게 간난이는 내게로 와다닥 달려와 허리를 끌어 안았다.

"두메야, 내 이제 어쩌나."

간난이는 나를 보더니 더욱 서럽게 울기 시작했다.

"내 시집가야 한데."

"무슨? 니 아직 열넷인데?"

"초경은 했으니깐 상관없다고 시댁에서 그랬다 하더라. 어린애 가 아들을 더 잘 낳는다고. 일찍 데려와야 일 가르치기 쉽다고. 아 부지는 입이 귀에 걸렸어야. 그 집에서 아부지한테 밭이랑 돈이랑 준대. 오라버니가 말 꺼냈을 때만 해도 설마 했지……. 그런데 진 짜 가란다. 두메야, 내 가기 싫다. 마흔다섯 살이란다, 사내가. 우리 아부지랑 몇 살 차이도 안 나는 사람을 어떻게 바깥양반으로 모시 고 사나."

간난이는 두 눈이 빨갛게 부어오를 때까지 울고 또 울었다. 너무 늦게 출발하면 머물 곳을 찾을 새도 없이 산에서 해가 질 거였다. 간난이가 가엾긴 해도 더 이상 옆에 있어 줄 수 없었다. 나는 간난 이의 어깨를 다독이고는 허리에서 손을 떼어 냈다.

"내 인제 가야 해. 미안타."

"어데 가는데?"

쿵, 간난이가 콧물을 들이마시며 물었다.

"내 경성 갈기다."

"경성에? 어케?"

나는 간난이에게 내 계획을 말해 주었다. 눈물로 얼룩져 있던 간난이의 얼굴이 점점 미묘하게 일그러졌다.

"그게…… 가능하나?"

"니도 갈래?"

내가 묻자 간난이는 잠시 고민하더니 고개를 가로저었다.

"어떻게 마을을 떠나. 무섭다."

"그래. 그러면 내 혼자 갈게. 잘 있어."

나는 간난이를 뒤에 두고 산길을 향해 뒤돌아섰다. 순간 오름 아저씨 집 쪽에서 쿵, 소리가 났다. 나와 간난이는 흠칫 놀라 동시에 서로를 바라보았다. 나는 집 쪽으로 다가가 소리 난 곳을 살펴보았다.

"……니 뭐 하나?"

광대가 담벼락을 넘다가 미끄러졌는지 엉덩방아를 찧은 채 주저앉아 있었다. 광대는 끙, 소리를 내며 엉덩이를 털고 일어났다. 광대는 등에 작은 봇짐을 메고 있었다.

"도망가려고."

"와?"

"아버지가 또 일본 사람을 불러왔어. 또 선을 보래."

"니 결혼하기 싫나?"

"결혼이 싫다기보다는…… 아버지가 억지 쓰는 게 싫어. 나를 집에 가둬 놓고 한 발짝도 못 나가게 해. 너랑도 못 만나게 하잖아."

"그런 거야?"

"너는 어디 가는데?"

나는 품 안에서 구슬을 꺼내어 광대에서 내밀어 보였다.

"여, 뭐라 쓰여 있는지 알겠나?"

광대는 구슬을 받아 들고는 이리저리 돌려 보았다.

"아니. 나 서양 글 못 읽어."

"이게 자유라고 쓰인 거다."

"자유?"

"그래. 내는 이거를 찾아서 경성에 갈기다."

광대는 구슬을 하늘 높이 들어 보였다. 구슬이 반짝반짝 빛났다. 광대는 한참이나 구슬을 올려다보고 있었다.

"자유는 예쁘구나."

광대가 내게 구슬을 돌려주었다.

"나도 같이 갈래."

"그럴 줄 알았다. 가자."

나와 광대는 나란히 서서 걸었다. 한참을 걷는데 등 뒤에서 두메야, 숨넘어가게 나를 부르는 소리가 들려왔다.

"내도, 내도 갈래! 내만 두고 가지 마라!"

간난이가 마구 뛰어와 숨을 헐떡이며 나와 광대 옆에 섰다. 셋의 그림자가 하나로 얽혀 이정표처럼 산길 위에 길고 흐릿하게 드리워졌다. 한 발 내디딘 발 앞으로 한 무리의 개미가 줄지어 빠르게 산속으로 사라졌다. 개미의 신호를 알아차리지 못한 채 나도 산속으로 들어갔다.

광대의 고백

✿

✦

　산은 친구였다. 언제나 익숙하고 많은 것을 주는 존재. 어른들은 산을 함부로 대하면 산신이 잡아간다고 했지만, 나는 한 번도 산을 두렵게 여긴 적이 없었다. 흑응산은 그렇게 큰 산이 아니라서 넘는 데에 대여섯 시간이면 충분할 터였다.

　설마 그 산에서 간난이가 발목을 삘 줄은 몰랐다. 산 중턱쯤에 왔을 때 일어난 일이었다. 그저 살짝 접질린 줄 알았던 간난이의 발목이 무섭게 부어올랐다. 다행히 눈앞에 작은 정자가 있었다. 근처에 있는 절에서 만들어 놓은 곳인 듯했다.

　"여기서 잠깐만 기다려."

　나는 간난이를 정자에 앉히고 비탈을 따라 아래로 내려갔다. 비탈의 아래쪽에 딱총나무 군락지가 있었다. 발이 삐었을 때 딱총나무 잎을 붙이면 금세 가라앉는다. 나는 비탈 위쪽에서 손을 뻗어 딱총나무의 잎을 따려고 했다. 나뭇가지에 좀처럼 손이 닿지 않았다. 좀 더, 좀 더 아래로 손을 뻗는데 몸이 기우뚱 중심을 잃었다.

나는 비탈길 아래, 경사진 낮은 절벽 아래로 굴렀다. 나뭇가지에 뺨이 마구 긁혔다. 그나마 경사만 급하고 높지 않은 것이 다행이었다. 여름이라 풀이 무성한 것도. 그렇지 않았으면 분명 어디 뼈 한 군데는 부러졌을 것이다.

"참말, 별것이 다."

나는 인상을 쓰며 뒷머리를 어루만졌다. 다행히 손에는 딱총나무 가지가 쥐어져 있었다. 나는 이파리를 뜯어내 품에 넣었다.

"별아, 괜찮아?"

광대가 절벽 아래로 미끄러져 내려왔다.

"니 왜 내 따라왔나. 간난이랑 있으라고 안 했나."

"걱정되니깐 그렇지."

"아픈 아를 혼자 두고."

나는 치마에 묻은 흙을 툭툭 털고 일어났다. 툭. 빗방울이 떨어졌다. 하늘을 올려다보기 무섭게 갑작스러운 비가 쏟아지기 시작했다. 도저히 절벽을 타고 오를 수 없을 정도의 폭우였다.

"일단 어디든 피하자."

딱총나무 군락지 끝에 바위와 나무가 얽혀 만들어진 작은 동굴이 보였다. 나와 광대는 딱총나무 사이를 달렸다. 흙과 풀 냄새가 내리는 비 냄새에 진하게 섞여 몸 안으로 빨려 들어왔다.

나와 광대는 서로 몸을 붙여 앉았다. 동굴 아래 우두커니 앉아 있는데 빗줄기가 점점 굵고 거세어졌다. 곧바로 앞도 보이지 않을 정도가 되었다. 희뿌연 비의 장막이 눈앞에 드리워졌다. 나는 한참이나 빗줄기를 보다가 불쑥 광대에게 물었다.

"근데 니는 집 나와서 어디로 가려고 했나? 여기 든 건 뭐고?"

나는 광대가 메고 있는 봇짐을 가리켰다. 광대는 봇짐을 풀어 안을 보여 주었다. 안에는 옥반지와 얼마간의 돈 그리고 꼬깃꼬깃 접힌 작은 책자가 있었다. 나는 책자를 집어 들었다. 일본어와 언문이 함께 쓰여 있는 어린이용 교본이었다.

"오름 아재는 와 자꾸 너랑 일본애랑 결혼시키려고 하나?"

"그래야 신분 상승이 된대. 몰락한 귀족가를 찾는 거야, 돈이 없는 집안. 나를 그 집안의 친척 양자로 들인 후에 결혼을 시킬 거래. 그럼 내 자식부터는 일본 귀족의 신분이 되는 거라고."

오름 아저씨가 대송 오빠와 말하던 것이 기억났다. 아이들이 백정의 삶이 아닌 다른 인생을 살 수 있을 것 같냐고 묻던 화난 목소리. 오름 아저씨는 형평운동에 기대를 버린 것은 아닐까. 제일 빠르게 광대를 백정의 삶에서 빼낼 방법으로 결혼을 고른 것을 보면 아마도 그럴 터였다.

"오름 아재, 지금도 나한테 화났나?"

"아버지, 별이 너한테 화난 거 아냐."

"그러면 왜 나한테 집에 오지 말라고 하는데?"

"내가 일본 애하고 결혼하기 싫다고 하니깐. 그게 너 때문인 줄 알고."

"나 때문인가?"

광대는 한동안 대답이 없었다. 나는 동굴 밖으로 우수수 떨어지는 빗줄기를 바라보았다. 빗줄기 사이로 밖의 풍경이 보이지 않을 정도로 여전히 비는 기세 좋게 내리고 있었다.

"……너 때문만은 아니고."

"그러면 왜 결혼하기 싫은데? 일본 애라서? 내 전에 니랑 선본 가시나랑 잠깐 이야기를 했는데 좋은 애였다. 일본 아는 다 싫나?"

"너랑 상관없잖아."

돌아온 대답은 불퉁했다. 나는 욱해서 젖은 이끼를 주워 광대에게 던졌다. 광대는 그걸 피하지도 않았다. 이끼가 광대의 어깨며 뺨에 달라붙었다. 그러고도 욱한 마음이 쉬이 사라지지 않아 나는 발끝으로 흙을 팠다. 짚신 끝은 이미 진흙투성이가 되어 축축하게 젖어 있었다.

"아니야. 내가 말을 잘못했어. 너한테 화풀이했어. 미안."

광대가 내 무릎 위에 살짝 손을 올렸다. 광대의 목소리가 빗소리에 묻힐 듯 점점 작아졌다.

"……별아, 나는 말이야. 그냥 아버지가 하라는 대로 하는 게 싫어."

"니 그래서 그러나?"

"뭐가?"

"사람들 앞에서 바보처럼 구는 거. 말도 안 하고 웃기만 하고. 오름 아재도 네가 마냥 모자란 줄 알잖아."

"나 바보 맞아."

"니가 뭔. 내한테 이리 따박따박 말만 잘하는데."

내가 피식 웃자, 광대도 따라 웃었다. 하지만 그 웃음은 매우 찰나였다. 이제 광대가 발끝으로 흙을 파기 시작했다. 한참이나 파서 발아래가 움푹 파이고 나서야 광대는 입을 열었다.

"별아, 이 이야기 비밀이다."

"뭔데?"

광대는 다시 발끝으로 흙을 파기 시작했다. 물이 고일 정도로 흙이 파였다. 이번에는 내가 광대의 발목을 손으로 붙잡았다.

"땅 저쪽까지 팔 거야? 봐라."

나는 광대가 파 놓은 구멍에 바짝 얼굴을 대고 두 손으로 나팔을 만들어 구멍 안에 외쳤다.

"내 두메별이는 광대의 비밀을 죽을 때까지 지킨다!"

그러고 나서 주변 흙을 이끌어 와 구멍을 덮었다.

"이젠 여서 니가 하는 이야기는 여기에 들어가는 거야. 그니깐 말해 봐."

광대는 구멍을 물끄러미 바라보았다.

"예전에 말이야. 그러니까 내가 태어나기 전의 이야기야. 한 남자가 조선에서 일본으로 갔어. 남자는 조선에서 백정이었는데 돈을 많이 벌고 싶었대. 조선에서는 안 되겠다 싶어서 일본까지 간 거지. 일본에는 일거리가 천지에 널려 있다고, 누가 남자에게 그랬거든. 일본 에 가면 남자가 백정이라는 걸 아는 사람도 없을 테니 괜찮은 직업을 가질 수 있을 것이라고."

오름 아저씨 이야기일 터였다. 마을 사람들 누구도 알지 못했던, 소문만 무성했던 오름 아저씨의 과거. 나는 귀를 쫑긋 세우고 광대의 말에 집중했다.

"그런데 일본에 갔더니 일자리 얻기가 쉽지 않았대. 당연하지. 남자는 일본 말도 잘 못했고, 백정 일 말고 딱히 기술이 있는 것도 아니었으니깐. 그래서 남자는 굶어 죽기 직전까지 갔어. 그런 남자를 구해 준 것이 일본에 있던 조선인 동포들이었지. 같은 나라 사람끼리 도와야 한다고 남자에게 잠잘 곳을 주고, 일거리도 주고 그랬어. 남자는 그들과 가족이 되었지. 그들과 한집에서 지냈고, 그곳에서 알게 된 여자와 결혼도 했어. 아들도 낳았지. 그런데 가면 갈수록 같이 사는 사람들 행동이 어딘가 이상하다는 걸 알게 된 거야."

"이상타고?"

광대의 말소리가 낮게 잦아들었다.

"남자는 절대 들어갈 수 없는 지하방이 있었거든. 그런데 그 방에서 밤마다 기계 돌아가는 소리가 들리는 거야. 그리고 가끔 계단에 피가 묻어 있고. 그 공동주택에서 같이 지내는 사람이 열댓 명이 되었는데 갑자기 어느 한 명이 사라져 있어. 그런데 어디 갔냐고 물어보면 사람들이 전부 그런 사람이 있었냐 하는 식으로 대답하는 거야. 게다가 가끔 누가 막 현관문을 붙잡고 덜컹덜컹 흔들어. 그런데 나가 보면……."

비바람이 동굴 안으로 몰려 들어와 위잉, 울렸다. 귀신이 운다면 꼭 그런 소리이지 않을까 싶었다. 아니면 누군가 마구 문고리를 두드리는 소리 같기도 했다. 나는 광대에게 조금 더 바짝 붙어 앉았다.

"……나가 보면?"

"아무도 없는 거지. 꼭 유령처럼."

꼴깍. 나는 마른침을 삼켰다.

"그렇게 지내던 어느 겨울날의 일이야. 남자의 아내가 큰 병에 걸렸지. 처음에는 감기인 줄 알았는데 나중에는 피를 토했어. 폐병이었지. 잘 먹고 푹 쉬어도 잘 낫지 않는 그런 병이야. 하지만 어떻게 쉴 수가 있겠어. 남자도 남자의 아내도, 단 하루도 쉴 수 없었어. 돈을 벌어야 했으니깐. 남자의 아내는 일본인이 운영하는 옷가게에서 일했는데 폐병이 들통나면 쫓겨날 게 뻔했지. 그래서 남자의 아내는 아픈 걸 숨기며 매일 일했고 점점 병이 악화되었어. 그러다 결국 죽었지. 돈이 없어서 시체는 태웠어. 남자는 결심했지. 수단과 방법을 가리지 않고 돈을 벌겠다고. 그리고 남자는 1년도 안 되어서 진짜 부자가 되었어. 일본인들이 조센징이라고 함부로 놀리지 못할 정도의 부자가."

"어떻게?"

"유령들을 팔아서."

"거짓부렁. 유령을 어떻게 팔아."

나는 광대가 농담을 한다고 생각했다. 하지만 광대의 표정은 더없이 진지했다.

"팔 수 있어. 일본이 엄청난 현상금을 내걸고 있는 유령들이 있거든. 일본 안에서 만세를 외쳤던 사람들. 독립을 위해 유령처럼 몰래 움직이던 사람들. 아버지가 일하러 가면 내게 공부를 가르쳐 주고 함께 놀아 주던 사람들."

빗소리가 커졌다. 나는 숨을 가만히, 아주 가만히 들이쉬었다. 광대가 한 말을, 그 뜻을 단박에 받아들이기가 힘들었다. 이해하지 못한 것이 아니었다. 머리로는 충분히 이해했다. 오름 아저씨는 독립운동을 하는 사람들을 일본에 신고했다. 분명 그랬다.

하지만 그 누가 금방 납득할 수 있을까. 내게 잘해 주던 사람 좋은 오름 아저씨가 그런 일을 했다고. 독립군을 팔아넘기는 건 상종 못 할 사람이나 하는 짓이라 했다. 그건 나라를 파는 짓이라고, 순사보다 더 악독한 것들이나 하는 짓이라고 했다. 예천에도 그런 사람들이 있긴 했다. 만세 운동에 참여했던 사람들을 순사에게 고발해서 잘살게 된 이들. 사람들은 그들을 멸시했다. 그들 마음에는 뿔이 솟아 있을 거라고, 귀신처럼 이마에 그 뿔이 불쑥 솟아오르게 될 거라고 어머니는 옛날이야기를 하듯 나와 동생들에게 속닥속닥 이야기해 주곤 했었다. 절대 그런 사람만은 되면 안 된다, 라고. 그런데 오름 아저씨가 그 뿔이 난 괴물이었다니.

"이거, 일본에서 같이 살던 형들이 나한테 글 가르쳐 주던 책이야."

광대는 내가 들고 있던 책을 가리켰다.

"일본에서도 학교를 못 갔어. 조센징이라고 놀림만 받았지. 일본에는 조선에서 유학 온 사람들도 많았거든. 좋은 학교 교복을 입고 있는 조선인에게는 일본 사람들도 상냥하게 굴어. 뒤에서는 욕할지 몰라도 적어도 아버지에게 하는 것처럼 막 대하지는 않았지. 그들에게 돈도 없고, 더럽고, 일본인은 하기 싫어하는 험한 일만 도맡아 하는 조센징은 사람도 아닌 것 같았어. 아버지는 가끔은 돈이 없다는 것에 절망했어. 가끔은 조선 사람인 것을 저주했고. 어머니가 죽고 나서는 더욱더 그랬어. 만날 나를 붙잡고 학교에 못 보내 줘서 미안하다고 울었지. 아버지는 내가 명문 학교의 학생이 되거나 일본인이 되거나, 둘 중 하나가 되어야만 한다고 했어. 그러지 못하면 어쩌나 하는 공포가 아버지를 밀어 넣은 거야. 가족을 내다 파는 인간 백정이 되도록."

광대는 그 날도 글을 배우고 있었다. 당시 공동주택에는 대학생이 두 명 있었는데 둘 다 광대를 친동생처럼 예뻐해 주었다. 그때쯤 광대는 공동주택에 사는 사람들이 독립운동을 위해 모여 있다는 것을 눈치채고 있었다. 광대도 눈치챈 것을 오름 아저씨가 알아차리지 못할 리가 없었다.

오름 아저씨는 몇 번 그들의 심부름을 해 주며 신뢰를 쌓았다. 그들에게 말했다. 나는 누구보다도 조선의 독립을 원하고 있습니다, 라고. 그렇게 해서 그날, 오름 아저씨는 조직의 인쇄물을 운반하는 임무를 맡았다. 오름 아저씨가 가진 보퉁이 안에는 대량의 인쇄물과 이를 주고받을 대상의 이름이 적힌 종이가 있었다. 오름 아저씨는 그것을 가지고 일본 경찰서에 갔다.

헌병이 들이닥쳤다. 광대는 봤다. 자신을 가르쳐 주던 형들이 헌병의 곤봉에 맞아 쓰러지는 것을. 오름 아저씨는 "이 애는 내 아들입니다. 관계가 없어요"라고 말하며 헌병들 사이에서 허둥지둥 광대를 안고 나왔다. 헌병에게 떠밀려 집 밖으로 나와서도 광대는 글씨 교본을 꽉 움켜쥐고 있었다.

공동주택에 있던 사람들이 줄줄이 잡혀 나왔다. 피투성이가 되어 터진 얼굴로 오름 아저씨를 노려보았다. 침을 뱉고 끌려가는 사람도 있었다. "광대야." 형들은 광대의 옆을 지나가며 나직하게 광대의 이름을 불렀다. 광대는 오름 아저씨의 품에 안긴 채, 도저히 그들의 뒷모습에서 눈을 뗄 수 없었다.

공동주택은 비었다. 오름 아저씨는 받은 현상금으로 집을 샀다. 훌륭한 일본식 저택. 광대는 그 집에서 도저히 잠들 수가 없었다.

"그날부터 미친 척을 했어. 옷도 제대로 안 입고 길거리에 멍하니 앉아 있었어. 그러다가 순사가 지나가면 소리 지르고 그랬어. 어떻게든 그곳을 떠나고 싶었어. 내내 꿈에 나왔거든, 함께 살던 사람들이. 왜 나를 팔았냐고, 너희 아버지 때문에 다 망쳤다고 막 떠드는 거야. 진짜 유령처럼 온몸이 투명해져서……. 아니다. 미친 척이 아니었을지도 몰라. 진짜 미쳤던 걸지도."

광대의 목소리와 몸이 조금씩 떨렸다.

"아버지는 일본에 있고 싶어 했는데……. 점쟁이가 바다를 건너가야 내 지랄병이 낫는다고 했거든. 그 말을 듣고 조선에 돌아가볼까, 하더라. 그래서 열 살 때 바다를 건넜지. 경성에 도착하니깐 꿈을 안 꾸게 되더라. 하지만 제정신으로 돌아온 걸 아버지에게 알리고 싶지 않았어. 내가 제정신으로 있지 않는 거. 그것 말고는 안 떠올랐거든. 형들을 대신해서 아버지에게 복수할 수 있는 방법."

나는 광대가 떠는 것이 싫었다. 광대는 아무것도 잘못한 게 없는데 왜 떨어야 한단 말인가. 나는 광대의 손을 꽉 붙잡았다. 광대의 손은 비에 젖어 차가웠다. 내 손만큼이나.

"너 진짜 바보야? 그런 게 복수가 되겠나?"

"그럼 뭐가 복수가 되는데?"

"오름 아재가 무서워하는 게 그거라며. 돈이 없거나, 광대 니가 백정 신분을 못 벗어나거나, 좋은 학교 학생이 못 되는 거. 일단 오름 아재 돈을 펑펑 써. 경성이든 어디든 유학도 가 버려. 망나니 짓하고 막 돈 쓰라고."

"좋은 학교 가면 아버지한테 복수가 안 되지."

"졸업을 못하면 되지. 돈 왕창 받아서 독립운동 하는 사람들한테 줘 버려."

광대의 눈썹이 둥그렇게 휘었다.

"별아, 너…… 천재인가 보다."

"내 머리 좋은 거 이제야 알았나. 그러니깐 앞으로는 바보처럼 굴지 마."

"경성에 가면 절대 안 그럴게."

그래. 경성에 가면. 나는 광대의 손을 잡은 채 동굴 밖을 바라보았다. 눈을 감았다. 세찬 빗소리가 들려왔다. 파도 소리가 이럴까 싶었다. 잡은 손이 점점 따뜻해졌다. 온몸이 으슬으슬 추운데도 손에서 밀려 올라오는 온기 덕분에 버틸 수가 있었다.

'경성에 가서, 공부를 많이 해서, 어른이 되어서…… 바다에 가자. 바다를 건너자.'

바다를 건너면 그곳에는 무엇이 있을까. 나는 눈을 감은 채 상상해 보려 했다. 그러나 무언가 멋진 것을 상상하려 할수록 떠오르는 것은 오직 까만 어둠뿐이었다. 바다 너머는 그저 검은 밤하늘일 것만 같았다. 한 발을 디디면 발아래에 별이 떠올라 길디긴 은하수의 다리를 만들어 어디까지고 걸어갈 수 있게 해 줄 것만 같은 상냥한 어둠. 그 어둠 속에 깜빡 잠기려던 때에 작은 속삭임이 파고들어 왔다.

"너 때문만은 아닌데 너 때문인 것도 맞아."

못 들은 척 눈을 떴다.

별이 피어나는 어둠은 동굴 안에는 없었다. 동굴 밖은 그저 산일 뿐이었다. 빗줄기는 그사이 많이 약해져 있었다.

"이쯤 되면 나가도 되겠다. 나가자. 간난이 혼자 무서울 거구만."

나와 광대는 동굴을 나섰다. 절벽을 올라가는 건 역시 무리인지라 능선을 한 바퀴 돌아 올라가기로 했다. 약해진 빗줄기 속을 한참이나 걸어 간신히 정자에 도착한 것은 이미 어둑하게 해가 져 버린 때였다. 간난이는 정자에 앉아 달달 떨고 있었다.

"니들 어디 있다 온 거고."

"미안. 잠깐 비 피하느라. 발목 좀 내 봐라."

나는 품에 넣어 두었던 딱총나무 잎을 꺼내 돌로 짓이긴 뒤 간난이의 발목에 붙였다. 발목은 그사이 더 부어올라 있었다.

"인자 곧 가라앉을 기야."

"춥다. 우리 밤 내내 산에 있다가는 얼어 죽을지도 몰라."

간난이의 목소리에 울음이 섞였다. 맞는 말이었다. 하지만 이미 해가 진 산을 함부로 내려갈 수도 없었다. 밤에 산에서 길을 잃으면 그야말로 산신에게 잡혀가게 될 터였다.

"얘들아, 저기 뭔가……."

광대가 능선 한곳을 가리켰다. 불빛 하나가 너울거리고 있었다. 불빛은 조금씩 능선을 타고 우리 쪽을 향해 움직였다.

"저거…… 도깨비불 아니가?"

우리는 서로 바짝 붙어 앉았다. 불빛은 점점 더 가까워졌다. 하나가 아니라 둘, 셋……. 그 숫자도 점점 더 늘어갔다.

굵은 팔이 내 목덜미를 잡아챘다.

비 프리(Be free)

✿

✦

　도깨비불의 정체는 백정촌 사람들이었다. 오름 아저씨가 광대가 없어진 것을 알고 백정촌 사람들을 긁어모아 찾아 나선 것은 해가 질 무렵이었다고 했다. 아버지는 산에서 나를 보고는 슬그머니 고개를 돌렸다. 나도 아버지를 보고 싶지 않았다. 아버지가 찢어 버린 편지가 계속해서 눈앞에 너울거렸다. 사람들과 함께 산을 내려오는 내내 나와 아버지는 한 마디도 하지 않았다.

　"광대야! 너 어디를 마음대로 나가. 길 잃어버리면 어쩌려고."

　광대를 보자마자 제정신이 아닌 듯 뛰어온 오름 아저씨는 그 옆에 선 나를 보더니 확 표정을 굳혔다. 오름 아저씨는 광대의 목덜미를 잡고는 집 안으로 밀어 넣었다.

"모자란 아들 찾아 주어서 정말 고맙소. 이것, 얼마 안 되지만 받으시오."

오름 아저씨는 집 앞에 모여 있던 백정촌 사람들에게 수고비를 건네주었다. 백정촌 사람들은 돈을 받고는 오름 아저씨의 집 앞을 떠났다. 나와 아버지, 오름 아저씨 셋만 남았다. 오름 아저씨는 품 안에서 돈을 꺼내 아버지의 바지춤 안에 밀어 넣었다.

"받아라."

"안 받을 겁니다."

"받아라!"

오름 아저씨가 아버지에게 그렇게 화를 내는 것은 처음 보았다.

"네가 이제까지 내가 주는 돈, 내 도움 왜 안 받으려고 했는지 내가 모를 것 같아? 너 나를 탓하는 것 아니냐. 내가 일본에서 뭘 하다 왔는지 다 알고 있는 거 아니냐."

아버지를 노려보는 오름 아저씨의 눈이 어둠 속에서 번쩍였다. 아주 깊은 어둠에서 끌려 나온 귀신의 눈이 저럴까 싶었다.

"의병장 아래에 같이 있던 때는 언제고 어찌 나라 팔아먹고 왔소, 하는 눈으로 보는 거 내가 모를 줄 알아!"

오름 아저씨는 목에서 피가 나는 것이 아닐까 싶게 핏대를 세우고 고래고래 소리를 질렀다.

"너도 정신 차려. 나라를 구하면 모두가 동료이니 양반, 천민 할 것 있냐고 말했어도 진짜로 어쩌했었냐. 그들이 너를 양반처럼 대해 주던? 의병 해체된 뒤에는 어찌 되었냐? 너를 챙겨 주는 사람 한 명 있더냐? 없었지. 암, 없었을 것이야. 그놈들은 결코 우리를 지들과 같은 사람으로 보지 않는다. 암, 안 보고말고!"

"형님."

오름 아저씨는 숨을 씨근덕대며 마른 입술을 질근질근 씹었다.

"······그 돈 받아. 네가 나한테 주었던 뱃삯, 빚진 거 그걸로 끝내자. 내가 여기 오는 게 아니었어. 나는 갈 거다. 여기를 떠날 거야. 내 아들이 백정 딸하고 엮이게 할 순 없어. 그것은 안 돼. 그것만은 안 되고말고."

오름 아저씨가 현관문에 빗장을 거는 소리가 묵직하게 울렸다. 아버지는 백정촌으로 가는 사람들의 뒤를 따라 걸음을 옮겼다. 나는 우두커니 서서 멀어지는 불빛과 아버지의 뒤통수를 봤다.

'의병? 의병이라고?'

아버지가 의병장 아래에 있었다는 이야기는 들어 본 적이 없었다. 나라를 빼앗기기 이전에 이를 막고자 곳곳에서 사람들이 일본군과 싸웠다. 양반이고 평민이고 너 나 할 것 없이 싸웠다고 했다. 백정촌 아이들은 평민 의병장 신돌석의 무용담을 자장가처럼 듣고 자랐다. 이 산, 저 산을 훨훨 날아다니며 일본군을 무찔렀다는 호랑이 의병장 신돌석. 그의 휘하에 있던 의병들 중에는 양반도 있었다고 했다. 평민 의병장이 양반을 부하로 두었을 정도니 얼마나 잘난 사람이었겠냐고, 열아홉 살에 의병을 일으켰으니 자고로 어릴 적부터 꿈을 크게 가져야 한다는 말이 무용담 끝에 꼭 덧붙여졌다.

어릴 적 신돌석의 무용담을 들을 때마다 궁금했었다. 그가 꿈꾸던 나라는 무엇일까. 의병들이 꿈꾸던 나라는 무엇일까. 누구에게도 답을 구할 순 없었지만 나는 그들이 분명 무언가를 꿈꿨을 거라 믿어 의심치 않았다. 그렇지 않으면 목숨을 걸고 싸울 수 있었을까 싶었다.

"아부지!"

나는 한천의 강둑을 뛰어 이미 멀어진 아버지를 쫓아가 소맷자락을 붙잡았다.

"와 나는 안 되나! 아부지도 경성에 갔었지 않나. 아부지도, 아부지도 다른 세상을 꿈꿨던 거 아니가. 근데 와 나는 못 가게 하나!"

"치아라!"

아버지는 내 손을 뿌리쳤다.

"니가 뭘 아나! 오냐, 다른 세상? 오겠지. 올 것이라 안 믿으면 어찌 살겠나. 하지만 그 세상 오기까지 사람들이 수두룩하게 죽어 나갈지 누가 아나. 그리해서 온 세상에 우리 자리가 있을 것이라 누가 장담한다나. 오냐, 나도 갔었다. 그르나 내가 지금 어디 있나?

니도 결국 다시 돌아오게 될 거라이. 실패해서 몸하고 마음만 다칠 거라 이거다."

아버지의 말소리는 채찍이 되어 내 마음을 후려쳤다.

"와 실패할 거라 생각하나? 내는 실패 안 한다. 실패해도 또 도전하면 되지 않나."

"양반도 실패했다. 사내아들도 실패하고. 그들도 다시 기올라가지 못했다. 그것을 네가? 백정에, 가시나인 네가 뭘 어쩐단 말이냐. 못 한다. 경성 따위 갈 생각은 하지도 마라."

"내는 할 거다! 하고 말 거다!"

아버지는 내 외침 따위 듣지 않겠다는 듯 뒤돌아서 멀어졌다. 빛은 백정촌 안으로 빨려 들어가듯 사라져 갔다. 나는 어둠 속에 혼자 남았다.

"두메야."

내 옆에 어머니가 섰다. 어머니는 내 손에 작은 쪽지를 쥐여 주었다. 그러곤 나를 남겨 두고 종종걸음으로 사라지는 빛의 뒤를 따라갔다. 나는 손에 쥐어진 쪽지를 봤다. 이미 어둠에 익은 눈은 무리 없이 글자를 읽어 냈다.

형평사 총대회날 예천을 떠남. 함께 가기를 원하면 대회장 옆, 소나무 아래로.

누가 보낸 쪽지인지는 쓰여 있지 않았지만 알 수 있었다. 춘앵이
었다.

'못 한다고? 아니야. 내는……'

이 쪽지마저 들킬 수는 없었다. 나는 쪽지를 잘게 찢어 입 안에
넣고 우물우물 씹었다. 그러곤 꿀꺽 삼켜 버렸다. 쪽지에 적힌 약
속은 내 몸 안에 저장될 터였다.

*

8월 두 번째 일요일 아침. 온 마을이 분주했다. 백정촌만이 아니
었다. 노촌 사람들도 너 나 할 것 없이 읍으로 향했다. 형평사 총대
회 기념식을 구경하기 위해서였다.

우리 집 식구들도 달구지에 올라탔다. 아버지는 모두에게 가장
깨끗하고 좋은 옷을 입으라고 신신당부했다. 대송 오빠가 단 위에
서 연설할지도 모른다는 거였다. 아버지는 달구지에 타면서 내게
눈을 부라렸다.

"니, 또 쓸데없는 일 하지 마."

나는 고개를 끄덕이고 달구지 한쪽에 자리 잡았다. 혹시라도 아
버지의 심기를 거슬렀다가 기념식에 가지 못하면 안 되었다. 달구
지에 앉아 보니 잘 차려입은 건 우리 식구만은 아니었다. 백정촌

을 나서는 어른들 대부분이 패랭이가 아닌 갓을 쓰고 있었다. 봉두난발하지 않고 상투를 튼 사람도 있었다. 아줌마들 중에도 쪽을 진 머리를 한 사람들이 몇몇 보였다. 백정에게 금지된 차림새를 하고 읍으로 향하는 사람들 사이에는 들뜬 기대감이 흘러넘치고 있었다.

'정말로 춘앵이 내를 기다리고 있을까?'

쪽지를 먹어 버리지 말 걸 그랬다. 밤에 보았던 쪽지가 꿈은 아니었을까 싶어 자꾸만 불안해졌다. 달구지는 몇 번이고 심하게 덜컹거리며 읍으로 향했다.

행사장은 형평사 사람들이 머물던 회관이었다. 마당 한가운데 높은 단이 설치되어 있었고, 행사가 이루어지는 곳을 중심으로 끈이 둘러쳐져 있었다. 끈 안쪽에는 천막이 쳐져 있었고 의자도 놓여 있었다. 이름이 쓰여 있는 걸 보면 연설하는 사람들이 그곳에 앉아 대기하는 듯했다.

끈 안쪽 장내로는 허가받은 사람만 들어갈 수 있지만 장외에는 누구나 서 있을 수 있는 듯했다. 끈 바깥쪽은 이미 사람들로 가득 차 있었다. 백정들도 있었지만 그보다는 양민들이 더 많았다. 백정촌에서 온 사람들이 장외에 서자 먼저 와 있던 사람들이 얼굴을 찌푸렸다. 못마땅한 눈초리가 사방에서 쏟아졌다.

"저것들 꼴을 좀 봐라."

"백정 주제에 갓이 웬 말인가. 저것들이 신백정이다 뭐다 하면서 이미 기세가 등등한데 이런 단체의 기념식까지 하는 게 말이 되나."

분위기가 험악했다. 나는 가능한 한 문 근처에 섰다. 주변을 둘러보았지만 춘앵은 발견할 수 없었다. 대송 오빠는 단 쪽에 서서 분주하게 움직이고 있었다.

"여서는 단이 잘 안 보인다."

아버지는 까치발을 하고 대송 오빠 쪽을 보다가 사람들을 헤치고 더 안쪽으로 들어갔다. 나와 아버지의 거리는 단번에 멀어졌다. 장내 천막 안, 잘 차려입고 앉아 있는 사람들 뒤에 김돌섬과 김열섬이 서 있는 것이 보였다. 김돌섬은 천막 안에 앉아 있는 사람과 무언가 숙덕숙덕 이야기를 나누고 있었는데, 그때마다 백정촌 사람들이 서 있는 쪽을 힐끔거리는 것이 영 기분이 안 좋았다. 김돌섬과 말을 나누는 사람의 자리에는 '청년단 회장 김석희'라는 푯말이 세워져 있었다.

그 옆옆 자리에는 오름 아저씨가 앉아 있었다. 오름 아저씨의 옆에는 광대가 앉아 있었다. 광대와 눈이 마주쳤다. 광대가 살짝 웃은 것 같았다.

곧 행사가 시작되었다.

"이리 귀한 걸음 해 주시어 감사합니다. 먼저 형평사 중앙총본

부 상임위원 장지필 님의 개회사가 있겠습니다.”

단 위로 두루마기를 입은 남자가 올라왔다. 대송 오빠와 함께 서 있던 사람이었다. 어렴풋이 얼굴이 기억났다.

“공평은 사회의 근본이고 애정은 인류의 본량입니다. 그런고로 우리는 계급을 타파하고 모욕적 칭호를 폐지하며, 교육을 권장하여 우리도 참다운 인간이 되기를 기함이 본사의 주지입니다……”

그 뒤로도 여러 사람들의 연설이 이어졌다. 대부분이 백정이 받는 억압이 얼마나 부당한가에 대해 말했다. 백정촌 사람들이 고개를 끄덕였다. 다른 사람들의 표정은 점점 더 험악해졌다. 단 위의 행사는 아무 문제 없이 진행되는 듯 보였지만, 장외에 선 사람들 사이에서는 점점 긴장감이 높아지고 있었다. 언제 폭발할지 모르는 폭탄이 사람들 사이를 마구 돌아다니고 있는 것만 같았다. 나는 슬슬 장외를 빠져나가 춘앵과의 약속 장소로 가려고 주변을 살폈다. 아버지나 어머니에게 들켜서는 안 되었다.

‘아부지는 저만치 멀리 떨어져 있으니 괜찮겠지. 들켜도 도망갈 수 있을 테고. 사람들이 이래 많으니 쉬이 쫓아오지 못할 것이야. 어무이는……’

나는 흠칫 놀랐다. 어머니가 나를 빤히 바라보고 있었다. 아지와 막송이를 사이에 두고 나와 어느 정도 떨어져 서 있던 어머니는 한참이나 내게서 눈을 떼지 않았다.

'들켰나? 들킨 거 아이가?'

어머니가 경성에 가지 못하게 막는다면 어떻게 해야 하는 걸까. 가슴이 마구 뛰었다. 아버지의 반대에는 익숙했다. 더 찢길 가슴도 남아 있지 않았다. 그렇기에 아버지는 나를 붙잡을 수 없었다. 그러나 어머니가 나를 붙잡는다면…… 나는 그 손을 뿌리칠 수 있을까. 없을 것만 같았다. 고깃국을 끓여 와 내게 내밀던 어머니의 까슬까슬한 손이, 그 감촉이 자꾸만 떠올랐다. 나는 내 양손을 꽉 마주 잡았다.

"다음은 예천 청년단 회장 김석희 님의 축사가 있겠습니다."

김돌섬과 함께 수군거리던 남자가 단에 올랐다. 그가 연설을 시작하고 잠시 후, 장외에서 술렁임이 일었다.

"……예, 근게 지 생각에는 말입니다. 백정을 압박하는 것이 하등의 죄악이 될 것이 없다는 거지요. 어느 시대, 국가를 물론하고 국법이 있지 않습니까? 그 국법을 어기다가 백정이 된 것이 아닙니까? 그러니깐 백정을 압박하는 것이 결코 개인의 죄악이나 사회의 죄악이 아니라는 것입니다. 또 조선왕조 500년은 그와 같은 압박을 받았지만은 지금은 좋은 시대를 만나 형평운동이 일어나기 전부터 칙령으로 차별을 철폐하였다 이거라예. 형평사는 조직할 필요가 없는 것이지 싶습니다. 아무쪼록 돈을 많이 모아 공부만 잘하면 누구나 군수도 될 수 있는 시대가 아닙니까."

김석희의 말은 이제까지 다른 참가자들의 말과는 달리 형평운동을 부정하는 것이었다. 장외에 서 있던 사람들 중 몇몇이 외쳤다.

"옳소!"

"거참, 말 잘한다!"

단 옆에 서 있던 대송 오빠가 분연히 김석희 앞으로 뛰어나갔다.

"뭔 말이요. 지금 청년단은 형평사의 존재 의의를 무시하는 것이오? 우리는 이런 연설을 허락한 적이 없습니다. 당장 내려가소!"

대송 오빠는 김석희의 팔을 잡고 단에서 끌어내리려 했다. 천막에 앉아 있던 김돌섬이 장외를 향해 외쳤다.

"저거 보이소! 저놈이 백정의 자식 주제에 양반집 자제인 듯 구는 놈이오. 저놈이 지금 감히 예천의 농민을 대표하는 사람을 마구 대하려 하오!"

그 외침이 사람들 사이를 돌아다니던 폭탄을 터뜨렸다. 장외에 서 있던 사람들은 저마다 앞다투어 고함을 질러 댔다. 그중 몇몇은 장내로 뛰어들었다.

"형평사가 설립된 후로 백정들의 태도가 영 불손해!"

"이들의 기세를 그대로 둘 수 있나. 형평사를 박멸하자!"

백정촌 사람들도 흥분해서 안으로 뛰어들었다.

"뭣이? 우리가 무엇이 불손하나?"

"학교도 못 가는데 군수가 어케 되나! 저 망언하는 놈 당장 끌어 내리라!"

사람들은 서로 엉키며 주먹을 휘두르기 시작했다. 장내에 설치되어 있던 천막이 무너지고 한쪽에 쌓여 있던 접시가 요란한 소리를 내며 깨졌다. 나는 몸을 낮추고 뒤엉킨 사람들 사이를 빠져나갔다.

"두메, 니 어디 가나!"

아버지의 고함 소리가 내 뒤를 따라왔다. 서둘러야 했다. 하지만 좀처럼 앞으로 나아갈 수가 없었다. 아버지가 내 팔을 움켜잡았다. 뿌리치려 했지만 어림없었다. 아버지의 힘을 이길 수가 없었다. 아버지는 나를 뒤로 잡아당겼다. 발에 힘을 주고 버텼지만 조금씩 뒤로 질질 끌려갔다.

"놔라! 내는 갈 거다!"

"이 가시나가!"

이대로라면 약속 장소에 갈 수조차 없게 된다. 나는 이를 악물었다. 아랫입술에서 피가 배어날 정도로 몸에 힘을 줬다. 한순간 누군가 앞쪽에서 내 어깨를 끌어안고 당겼다. 동시에 아버지의 손이 내게서 떨어져 나갔다. 눈앞에 사람들 틈 사이로 만들어진 길이 보였다. 무작정 빠져나갔다. 문 앞에 서서야 뒤를 돌아보았다.

"어무이."

나는 사람들을 몸으로 막아선 어머니를 봤다. 그 뒤쪽에는 광대

가 아버지의 허리를 붙잡고 있었다. 어머니의 눈이 말했다. 가라
고. 나는 회관 문을 빠져나왔다. 치마며 저고리며 사람들에게 떠밀
린 옷차림이 엉망이었다. 나는 옷매무새를 가다듬었다. 회관 옆 소
나무까지는 100미터도 되지 않았다. 나는 손을 꽉 쥐고 소나무를
향해 뛰었다.

"별아!"

등 뒤에서 광대의 목소리가 들렸다.

"나, 꼭 따라갈 거야. 따라갈 거니깐!"

나는 뒤돌아보지 않고 뛰었다. 가슴에 파란 바다를, 자유를 품고
뛰었다. 발아래에서 별이 하나씩 솟아올라 가야 할 길을 만들어
주는 것만 같이 온몸이 가벼웠다. 약속 장소가 눈앞이었다. 주변이
까만 밤으로 변한 듯 오직 소나무 아래 선 춘앵만이 보였다. 그러
나 별의 길이 끝나는 곳은 그곳이 아니라는 것을, 그 길은 끝없이
이어져 있음을 나는 알았다.

나는 언젠가 바다를 건널 것이다. 그때가 되면 희망을 가져다주
는 별이 땅에 내려와 작은 꽃을 피울 것이다. 나는 백정의 딸이다.
그러나 누구의 무엇이기 이전에 나는 그저 나다.

나는 두메별이다.

※ '예천 형평사 사건'을 제외한 다른 사건은 모두 픽션으로 역사적 사실과 무관합니다.
또한 백정촌, 노촌 역시 실존하지 않는 가상의 공간이며 형평운동에 대한 시각은 주인공
인 두메별의 시점에서 서술된 것으로 객관적 평가와 무관합니다.

참고 자료

· 강만길, 『일제시대 빈민생활사 연구』, 창비, 2018.
· 고숙화, 『형평 운동』, 독립기념관한국독립운동사연구소, 2008.
· 김중섭, 『평등 사회를 향하여』, 지식산업사, 2015.
· 박종성, 『백정과 기생』, 서울대학교출판문화원, 2013.
· 이희근, 『백정, 외면당한 역사의 진실』, 책밭, 2013.
· 차상찬, 『조선의 백정 이야기』, 온이퍼브, 2015.

작가의 말

어릴 때 그런 말을 들었다. 작가가 무슨 직업이냐고. 직업이라는 건 월급이 나오고 소속이 확실해야만 하는 거라고. 내게 그 말을 한 사람은 나보다 훨씬 어른이었다. 주변에 작가도 없고 직업이나 진로에 대해 상담할 사람도 없었던 나는 꽤 긴 시간 그 말을 믿었다. 작가가 엄연히 한국 표준 직업 분류의 한 자리를 차지하고 있음을 안 후에도 내 머릿속 어딘가에는 어릴 적 들었던 그 말이 자리 잡고 있었다. 그래서 나는 글 쓰는 걸 그토록 좋아했음에도 작가가 될 거란 생각을 하지 못했다. 어릴 때 접한 편견의 조각이 깊숙이 박힌 탓이었다.

2021년 현재, 크리에이터와 가수는 십대들이 선호하는 희망 직업 20위에 모두 순위를 올리고 있는 인기 직업이다. 하지만 예전에는 '딴따라'라고 불리며 사회적으로 좋지 못한 시선을 받았다. 역사적으로 예술을 직업으로 삼는 것은 천한 일이라 여겨 왔던 인식 때문이다. 하지만 지금은 어떤가. 누군가 연예인에게 '딴따라'

라는 말을 썼다가는 비웃음을 살 것이다. 시대가 언제인데 그런 낡아 빠진 말을 쓰냐고 말이다. 어떠한 사항에 대해 부정적인 시각보다 긍정적인 시각을 가진 사람들이 많아지는 것은, 편견을 편견이라 인식하는 사람들이 늘어나는 것은 그렇기에 중요하다. 편견을 가진 사람들에게 그 편견을 표출하는 것이 잘못된 일임을 깨닫게 해 주기 때문이다.

2010년에 드라마 〈제중원〉이 방영되었다. 백정의 아들인 황정이 최초의 근대식 국립 서양 의료기관인 제중원을 배경으로 사람들의 편견을 극복하고, 의사로 성장해 가는 이야기였다. 주인공 황정은 실존 인물인 박서양을 모델로 하고 있었다. 박서양은 1908년에 의사 시험을 통과해, 백정 신분으로 우리나라 최초의 서양 의사가 된 인물이다. 박서양이 의원이 되겠다며 의학당을 찾아갔던 것은 1895년의 일로 형평운동이 일어나기도 전이었다.

나는 그 전까지 백정에 별로 관심이 없었다. 그다지 접할 기회가 없어서였다. 교과서에서 형평운동은 짧게 언급되어 있을 뿐이었고, 사극 속에서도 백정은 주인공이 된 적이 없었다. 때때로 조연으로 등장하는 백정은 판에 박힌 듯 난폭한 모습을 하고 있었다. 아이들의 교육에는 조금의 관심도 없어 보였다. 하지만 박서양을 알고 나니 이 판에 박힌 모습들이 이상해 보였다. 과연 저것을 박서양 개인의 성취로 볼 수 있을까? 공부를 해서 사회적 신분을 끌어올릴 수 있다는 생각이 백정들 사이에 이미 싹트고 있던 것은 아닐까? 그런 생각을 가진 사람들이, 과연 미디어 속 모습처럼 난폭하게만 살았을까? 그때부터 조금씩 '백정'이란 직업과 계급이 뒤집어쓴 편견을 알아 갔다. 편견 안에는 또 다른 편견이 있고, 지워진 존재가 있다는 것도 알았다.

그 후 조금씩 백정을 주인공으로 한 작품들이 나왔지만 여전히 그 수는 적었다. 백정 중 여성을 주인공으로 내세운 작품은 더욱 적었다. 그래서 나는 두메별을 주인공으로 한 이야기를 쓰고 싶었다. 편견 속에서 허우적거리면서도 자신의 길을 찾아 뛰쳐나갈 수 있는 아이의 이야기다.

일상에서도 몇 번씩 편견에 부딪힌다. 나 역시 깨닫지 못한 수많은 편견을 가지고 있을 것이다. 그리고 어느 순간 타인에게 그것을 칼처럼 휘두를지도 모른다. 나는 이기적인 사람이라 타인의 편견에 상처 입고 싶지 않다. 내가 당하기 싫은 일을 남에게 행하기도 싫다. 그렇기에 오늘도 조금씩 내 눈 안에 박힌 편견의 조각을 뽑아내려 애써 본다.

교정 과정 내내 함께해 준 김정택 편집자님과 편집부에 깊이 감사드린다. 무엇보다 이 책을 읽어 준 독자분들에게 깊은 감사의 마음을 전한다.

다시 만나기를 바라며
범유진

두메별, 꽃과 별의 이름을 가진 아이

© 범유진, 2021

초판 1쇄 발행일 │ 2021년 7월 30일
초판 5쇄 발행일 │ 2023년 1월 18일

지은이 │ 범유진
펴낸이 │ 정은영

펴낸곳 │ (주)자음과모음
출판등록 │ 2001년 11월 28일 제2001-000259호
주　소 │ 10881 경기도 파주시 회동길 325-20
전　화 │ 편집부 (02)324-2347, 경영지원부 (02)325-6047
팩　스 │ 편집부 (02)324-2348, 경영지원부 (02)2648-1311
이메일 │ jamoteen@jamobook.com
블로그 │ blog.naver.com/jamogenius

ISBN 978-89-544-4747-8 (43810)